Gisela Hinsberger
Weil es dich gibt

»Ein bemerkenswertes Buch von literarischer Kraft.«
(*aspekte, ZDF*)

»Regelrecht verschlugen habe ich dieses Buch wie einen Krimi.«
(*Marion Brüssel, Hebammenforum Berlin*)

»Ein sehr anrührendes Buch, das die ethische Frage diskutiert: Sollen Kinder, die behindert sind, überhaupt geboren werden? Eine Geschichte voller Lebensmut und ein berührendes Dokument.« (*Fachdienst der Lebenshilfe*)

»Ein besonderes Buch – unprätentiös, genau und mit literarischer Qualität erzählt. Der Erfahrungsbericht einer Mutter, der zeigt: Glück bedeutet nicht Leidfreiheit. Das Leben eines Kindes ist keine Rechengröße, darf es nicht sein.
Diese Geschichte geht zu Herzen und ist voller Lebensmut.« (*Professor Dr. med. Klaus Dörner*)

»Die Geschichte geht sehr zu Herzen und man kann das Buch nicht mehr zur Seite legen.« (*Mandy Scholz, Gen-ethischer Informationsdienst*)

Gisela Hinsberger, geboren 1962, Diplom-Pädagogin und Autorin. Sie lebt mit ihrer Familie bei Aachen.

Gisela Hinsberger

Weil es dich gibt

Aufzeichnungen über das Leben
mit meinem behinderten Kind

Brandes & Apsel

Auf Wunsch informieren wir Sie regelmäßig über Neuerscheinungen in dem Bereich Psychoanalyse/Psychotherapie – Globalisierung/Politisches Sachbuch/Afrika – Interkulturelles Sachbuch – Sachbücher/Wissenschaft – Literatur.

Bitte senden Sie uns dafür eine E-Mail an *info@brandes-apsel.de* mit Ihrem entsprechenden Interessenschwerpunkt.

Gerne können Sie uns auch Ihre Postadresse übermitteln, wenn Sie die Zusendung unserer Prospekte wünschen.

Außerdem finden Sie unser Gesamtverzeichnis mit aktuellen Informationen im Internet unter: *www.brandes-apsel-verlag.de* und unsere E-Books und E-Journals unter: *www.brandes-apsel.de*

2. Auflage 2014 des in 1. Auflage im Herder Verlag erschienenen Buches
© Brandes & Apsel Verlag GmbH, Frankfurt a. M.
Alle Rechte vorbehalten, insbesondere das Recht der Vervielfältigung und Verbreitung sowie der Übersetzung, Mikroverfilmung, Einspeicherung und Verarbeitung in elektronischen oder optischen Systemen, der öffentlichen Wiedergabe durch Hörfunk-, Fernsehsendungen und Multimedia sowie der Bereithaltung in einer Online-Datenbank oder im Internet zur Nutzung durch Dritte.
Umschlag und DTP: Felicitas Müller, Brandes & Apsel Verlag, Frankfurt a. M. unter Verwendung von Fotos von Gisela Hinsberger
Druck: STEGA TISAK d.o.o., Printed in Croatia
Gedruckt auf einem nach den Richtlinien des Forest Stewardship Council (FSC) zertifizierten, säurefreien, alterungsbeständigen und chlorfrei gebleichten Papier.

Bibliografische Information der Deutschen Nationalbibliothek:
Die Deutsche Nationalbibliothek verzeichnet diese Publikation in der Deutschen Nationalbibliografie; detaillierte bibliografische Daten sind im Internet über www.ddb.de abrufbar.

ISBN 978-3-95558-062-9

Für Max und Sofie

Grenzt hier ein Wort an mich, so laß ich's grenzen,
Liegt Böhmen noch am Meer, glaub ich den Meeren wieder.
Und glaub ich noch ans Meer, so hoffe ich auf Land.

INGEBORG BACHMANN

*»Nicht die Tatsachen beunruhigen die Menschen,
sondern ihre Meinungen über die Tatsachen.«*
Epiktet

Sachliche Begegnung

Wie immer bin ich zu früh da.

Im Wartezimmer sitzt eine Frau, deren ernsten Blick ich gekonnt an mir abblitzen lasse. Wie sorglos ich bin, wie sicher, dass es mich niemals treffen wird. Ich bin in der 23. Woche, meine Ärztin hat mich hierher geschickt, weil der Kopf des Kindes zu klein sei. Eine Fruchtwasseruntersuchung hatte ich abgelehnt. Ich wollte nicht aussortieren. Natürlich habe ich keine Sekunde daran geglaubt, ein behindertes Kind zu bekommen.

So ist das mit der Statistik.

Sie bleibt so schrecklich abstrakt.

Als die Frau aufgerufen wird, bin ich froh, dass meine Schwester mitgekommen ist. Sie sitzt neben mir und lächelt mich an.

Es ist so weit. Der Arzt ist unpersönlich und wortkarg.

Ich lege mich hin, er führt den Ultraschallkopf über meinen Bauch. Doris steht neben mir, wir sehen zum Monitor, ich frage arglos lächelnd: »Ist das ein Fuß, ist das eine Hand?«

Der Arzt antwortet nicht, meine Fragen perlen blank an ihm ab. Er starrt auf den Monitor, misst und macht Aufnahmen. Ich verstumme, und die Stille wird nur noch von technischen Lauten durchbrochen. Irgendwann steht der Arzt auf und reicht mir Papiertücher. »Hier bitte. Damit können Sie sich abtrocknen!«

Ich wische meinen Bauch ab, der Arzt setzt sich an seinen Schreibtisch, sagt, dass mein Kind »schwerstmehrfachbehindert« sei, und zählt lateinische Wörter auf. Ich suche seinen Blick, seine Augen sollen mir sagen, dass das hier Wirklichkeit ist, doch er weicht aus, er gibt mir Informationen, aber er wird diesen »Augenblick« nicht mit mir teilen. Seine Stimme bleibt sachlich wie die eines Nachrichtensprechers; ich höre sie und stemme mich gegen das Gefühl von Unwirklichkeit.

Doris sieht mich an, ihr Blick lässt keinen Zweifel:

Das hier ist Realität.

Es passiert.

Mir und jetzt.

Doch es dauert, bis zu mir durchdringt, dass mein Baby gelähmt ist und dass es »Klumpfüße« hat. Aus weiter Ferne höre ich die Stimme, die nie auf mich wartet. Sie sagt, dass die Schwangerschaft schon weit fortgeschritten sei, weist darauf hin, dass ein eventueller Abbruch möglichst bald stattfinden müsse, da das Kind sonst lebensfähig sei, fragt, ob ich einen Termin haben möchte.

Termin? Abbruch?

Harsch fallen die Worte, ich habe noch nicht mal verstanden, was los ist.

Das Kind tritt; doch wie soll es treten. Ich muss umdenken, wahrscheinlich boxt es. Ich starre auf meinen Bauch und versuche, Fragen zu finden. Doch meine Fragen sind hilflos, und der Tonfall des Arztes wird nachsichtig, so als sei es immer so, so als sei es nur eine Frage der Zeit, bis auch ich endlich verstünde.

Dann ist es vorbei. Wir stehen auf, der Arzt tackert einen Zettel in meinen Mutterpass. »Bitte um Qualitätskontrolle« steht auf dem Zettel, unten sind die Diagnosen vermerkt.

Qualitätskontrolle.

Später denke ich mir, dass es um die Beurteilung der Diagnostik gehen soll, doch im ersten Moment hört sich das Ganze nur grausam an.

Qualitätskontrolle.

Objekt mit Defekt.

Wo bin ich hier gelandet? Wieso steht das Lebensrecht meines Kindes plötzlich zur Disposition? Wer stellt meinem Kind hier Bedingungen? Und wieso bietet man mir Termine an, obwohl ich nicht danach frage?

Draußen ist es kalt. Wir gehen schweigend zum Parkplatz. Menschen hasten vorbei, Autos rollen langsam umher.
»Wird Ihr Parkplatz frei?«, fragt mich eine Frau aus einem blauen Passat. Ich wende mich ab, reiße den Kontrollzettel aus dem Mutterpass und beginne zu weinen.

> *»… es spricht viel dafür, dass wir endlich lernen müssen, den Körper mit all seinen unvermeidlichen Unvollkommenheiten zu respektieren und anzunehmen. Bis es so weit ist, müssen Menschen mit Gebrechen aller Art ihren (…) Körper durch das Minenfeld einer Kultur lavieren, in der seine Vervollkommnung fast schon zu einer nationalen Aufgabe, einer heiligen Pflicht, wenn nicht sogar zu einem Ritus geworden ist.«*
> David B. Morris

Lichtschatten

Dieses Gefühl, jemand Fremdes sei in mir.

Nachts liege ich im Bett und traue mich nicht, meinen Bauch anzufassen. Wenn der Kopf des Kindes krankhaft wächst, wenn sich gerade jetzt in meinem Bauch ein Hydrozephalus bildet?

Wo kommen diese Fantasien her? Wieso habe ich plötzlich das Gefühl, mein Kind sei eine Summe von Fehlbildungen?

Ich habe eine Gänsehaut, das Kind ist verzweifelt aktiv.

Ob es Angst hat? Ob es spürt, dass es bedroht ist?

Schlafen, ich will schlafen, doch schnelle Gedanken halten mich wach. Sie sind wie Blitze, grell, plötzlich aufflackernd, ich setze mich auf und versuche, die Angst zu sortieren.

Angst, dass das Kind am Leben kaum teilhat.

Angst vor Einsamkeit, Ausgrenzung, Abhängigkeit.

Angst, das alles nicht zu schaffen.

Ich lege die Hand aufs Herz und sage mir Argumente gegen die Angst auf: »Ich bin nicht alleine, es gibt Hilfen, behinderte Kinder haben auch Freude am Leben.« Doch mein Herz rast weiter, die Worte erreichen es nicht.

Undeutliche Bilder steigen vor mir auf, Bilder von Kindern mit großen Köpfen, lahmen Beinen und klumpigen Füßen in klobigen Schuhen. Mit weit aufgerissenen Augen starre ich ins Dunkel.

Wenn ich sie zumache, stürze ich.

Die Zeit vergeht nicht, und wenn draußen ein Auto fährt, wandert streifiges Licht über die Wand.

Licht, Schatten, Schatten, Licht.

Was soll nur werden? In vier Tagen ziehen mein Sohn Max und ich zu meinem Partner ins Rheinland. Im Flur stehen die Kisten, doch die Zukunft ist plötzlich ein Loch.

Ich finde keine Bilder mehr, so als ob es mit einem gelähmten Kind keinen Alltag gäbe, keine Rassel, kein Buch, keinen Schnuller, kein Plantschen. Es ist meine tiefste Überzeugung, dass Menschen gleich sind, doch dieses Wissen stellt mir keine Bilder bereit. Das Kind boxt. Ich fühle mich schuldig und zwinge mich, meinen Bauch zu streicheln. Spina bifida ist ein komplexes Krankheitsbild, die Bandbreite möglicher Beeinträchtigungen ist riesig. Als ich das heute las, hatte ich sofort wieder Hoffnung. Vielleicht bekommt unser Kind keinen Hydrozephalus, vielleicht gehört es zu denen, die laufen können. Vielleicht hat es nur eine Blasenstörung. Vielleicht.

Doch auch wenn es gelähmt ist, ich kann alles akzeptieren, alles, »aber bitte, bitte, lass es reden, lass es verstehen können«, stoße ich hervor. Ich flehe ins Dunkel, weiß gar nicht, wen ich da bitte.

Licht, Schatten, Schatten, Licht.

Die Zeit vergeht nicht, und die Dinge wirken fremd in der Nacht.

Antastbar

Wir sind vorsichtig, als ob wir uns schützen müssten.
 Zu schnell haben wir verstanden, dass dieses Leben antastbar ist.
 Wir sagen es Freunden und sind dankbar, dass unser Kind für sie nicht weniger wert ist. Ihre Anteilnahme ermutigt mich, doch die Diagnose hat mich in eine neue Welt katapultiert. Dort hänge ich in der Angst, und meine Gedanken taumeln haltlos umher.
 Die Alltäglichkeit ist plötzlich banal. Ich finde nicht mehr in sie zurück, und als eine Freundin von ihrem Stress mit Kollegen erzählt, frage ich mich, warum man sich das Leben so unnötig schwer macht. Mir ist klar, dass ich ungerecht bin.
 Trotzdem driften wir schnell auseinander.

Nach und nach erfahren es alle. Nachbarn, Verwandte, Bekannte. Wir erleben Zuspruch, Trauer, Bestürzung, Befremden, Entsetzen und die Frage nach Schuld: »Ja, hast du denn diese Untersuchungen nicht machen lassen? Woher kommt so was denn? Muss das denn heute noch sein? Ja, hätte man das nicht verhindern können?«

»Das.«
 Was das?
 Sofie?

Auch die Sprüche von Fremden sind kaum zu ertragen: »Im wievielten Monat sind Sie? Was wird es denn?
 Ach, Hauptsache, es ist gesund.«
 Hauptsache gesund.
 Der Spruch hört sich plötzlich ganz anders an.

Dezemberregen. Planlos laufe ich durch die Stadt. Alles ist fremd geworden, unser Abschied hier sollte so anders sein.

Am Bahnhof stehen grölende Jugendliche.

»Du bist ja behindert«, schreit einer.

Ich zucke zusammen. Es klingt wie ein Angriff.

Max ist gerade zehn geworden. Er hat seit Langem beschlossen, dass das Baby ein Junge wird, und nachdem ich ihm alles erklärt habe, fragt er: »Kann der dann nie Fußball spielen?«

Sofort habe ich einen Kloß im Hals, meine Schwester wirft mir einen Blick zu und sagt irgendwas. Max denkt nach. Er will, dass wir das behinderte Baby bekommen. Doch er hat Angst.

»Aber wenn die anderen über es lachen?«, fragt er.

> *»In dem Maß, wie Herrschaft rational und unpersönlich wird, wird sie auch unsichtbar und erscheint als natürlich und notwendig.«*
>
> Jessica Benjamjn

Grüngelb gestreift

Die Erste rein. Bleiben noch drei.

Mit dem Bauch sitzt man schlecht in den tiefen Sesseln. Der Teppich ist grüngelb gestreift, das Schweigen ist angespannt. Das Kind tritt oder boxt. Ich lege meine kalte Hand auf den Bauch.

Die Zweite rein.

Die ist bestimmt schon in der zwanzigsten Woche.

Ihr Blick ist sparsam, wie im Stand-by-Betrieb, und ihr Mann legt ihr die Hand in den Rücken, als ob er sie schiebt. Ich packe ein Buch aus. Wie beklemmend es ist, zwischen diesen bangenden Frauen zu sitzen. Ich werde unser Kind austragen, und ich gehe regelmäßig zum Spezialultraschall, denn falls sich ein Hydrozephalus bildet, wird das Kind vielleicht früher geholt.

Die junge Frau neben mir lachelt mich an und erzählt, dass sie auf der Untersuchung bestanden hat. »Man will ja alles getan haben. Dann kann man sich endlich richtig auf das Kind freuen.«

Als ob die Untersuchung dein Kind gesund machen könnte, denke ich. Doch ich schweige. Es ist ihre Entscheidung. Allerdings habe ich das Gefühl, dass der Weg nur in eine Richtung gut ausgebaut ist, so als ob wir nicht handeln, nicht mehr gut umdrehen könnten.

»Ich habe schon ein bisschen Angst«, sagt die Frau, »Und Sie?«

Ich lächele sie an: »Der Doktor ist nett.«

Mehr sage ich nicht. Ich will sie nicht verschrecken, sie sieht so aufgeregt aus.

Es dauert bei der Zweiten, und sie hat geweint, als sie rauskommt. Ihr Mann, der verlegen neben ihr hergeht, weiß nicht, wo er mit seinen Blicken hin soll. Die junge Frau wird aufgerufen. Ich bleibe allein zurück, erleichtert, dass ich keine fremde Hoffnung mehr aushalten muss. Nach einer Weile öffnet die Tür sich wieder, die junge Frau tritt strahlend heraus.

»Alles in Ordnung«, sagt sie, »und Ihnen noch alles Gute!«

Der Arzt drückt meine Hand, bevor er den Ultraschallkopf über meinen riesigen Bauch führt. Kurz nach dem Umzug waren wir zum ersten Mal hier. Dr. F. hat die Diagnose bestätigt und den Chefarzt der Kinderintensivstation kommen lassen, der uns erklärt hat, was Spina bifida ist. Es war ein gutes Gespräch, wir hatten Raum für unsere Fragen und Ängste, und wir haben wieder Vertrauen gefunden, Vertrauen, dass der medizinische Apparat sich für unser Kind doch zuständig fühlt, Vertrauen, dass Ärzte da sein, dass sie sich kümmern werden. Diese Anteilnahme gab uns Zuversicht, denn Ärzte waren plötzlich wichtig geworden, lebenswichtig, wir brauchten sie, wir waren absolut auf sie angewiesen.

Dr. F. schallt, und ich sehe auf den Bildschirm und zittere. Die Angst, die mich die ganze Woche über umtreibt, lässt mich jedes Mal frieren, wenn ich hier liege. Dr. F. misst das Kind, dann legt er die Sonde weg. »Keine Anzeichen für einen Hydrozephalus«, sagt er und reicht mir lächelnd die Tücher.

Als ich rauskomme, sitzt die Fünfte schon da.

Sie ist blass und wippt mit den Füßen. Ich sehe ihre schwarzen Schuhe auf den grüngelben Streifen.

Auf, ab, auf, ab.

Die gestundete Zeit

Angst dehnt die Zeit, und die Ungewissheit ist schwer zu ertragen. Wie stark behindert wird unser Kind sein? Können wir die Pflege leisten? Wird Max nicht zu kurz kommen? Wer soll sich mit um ihn kümmern? Ob es eine gute Ganztagsschule gibt, ob er dort einen Platz bekommt? Mein Partner Ludger und ich kennen hier noch niemanden, der uns unterstützen kann, und wir werden an drei Orten sein müssen, Arbeit, Max, Klinik. Drei Orte, und wir sind nur zu zweit. Bleibt da noch Raum für Arbeit und Freizeit, bleibt noch Raum für uns selbst? Werden wir das schaffen, oder werden wir aggressiv gegenüber dem Kind sein? Das ist meine größte Angst: dass meine Liebe nicht reicht.

Seit der Diagnose sind mir neue Augen gewachsen. Überall sehe ich Rollstühle, überall behinderte Menschen. Dauernd fahren die kleinen Sonderbusse mit den orangefarbenen Schildern vorbei, an einer Kreuzung hält ein Mann mit einem großen Dreirad neben mir, der sich mühsam in Bewegung setzt, als die Ampel auf Grün springt. Eine etwa dreißigjährige dunkelhaarige Frau im Rollstuhl wartet an der Bushaltestelle. Ob sie auch eine angeborene Querschnittslähmung hat? Verbittert wirkt sie nicht, eigentlich sieht sie ziemlich normal aus. Vielleicht …

Ich habe nicht bemerkt, dass ich stehen geblieben bin, doch als die Frau den Kopf hebt und mir einen kühlen Blick zuwirft, erröte ich und gehe schnell weiter.

Wir planen die Geburt. Eine Neurochirurgin aus dem Klinium erklärt uns die operative Erstversorgung von Kindern mit Spina bifida. Zum Abschied sagt sie: »Diese Spina-Kinder sind oft ziemlich fröhlich. Hier gibt's übrigens eine Selbsthilfegruppe.

Reden Sie doch mal mit denen, wenn Sie sich ein Bild machen wollen!«

Ich starre die Frau an. So ganz nebenbei hält sie uns einen Faden zur Zukunft hin.

Kurz darauf besuchen wir eine Familie mit einem gelähmten Jungen. Der 16-Jährige bewegt sich flink und wendig im Rollstuhl. Ich muss mich zusammenreißen, um ihn nicht die ganze Zeit anzuglotzen. Er kommt mir klein vor, aber er wirkt wie ein normaler Jugendlicher, beantwortet höflich unsere Fragen und zankt mit seinem Bruder wegen des Fernsehprogramms.

Seine Eltern gießen Tee ein und beruhigen uns. Es gibt einen Alltag mit Spina-Kindern, es gibt Freude und Normalität. Aber es gibt auch Sorge, Angst, Ungewissheit und quälendes Klinikdasein. Der Vater des Jungen hat seine Arbeit aufgegeben.

»In den ersten Jahren ist es kaum machbar, dass beide arbeiten gehen. Es sind zu viele Untersuchungen, Operationen, und obwohl man ja weiß, dass man ein schwerkrankes Kind hat, kommen die Komplikationen meist unerwartet.«

Max beobachtet den Jungen im Rollstuhl, Ludger stellt medizinische Fragen, und ich lehne mich zurück, umschließe die warme Tasse mit meinen Händen und genieße das Gefühl, in dieser Nacht besser schlafen zu können.

> »Wir bitten euch ausdrücklich,
> findet das immerfort Vorkommende nicht natürlich.«
>
> Bertolt Brecht

> »Wo neue Handlungsfelder eröffnet werden, geraten auch die Standards
> des Handelns in Bewegung. Was in der Vergangenheit zunächst unmöglich,
> dann als frevelhaft galt, wird zur Zukunft hin zum Neuen,
> dann zum Normalen.«
>
> Elisabeth Beck-Gernsheim

Tim und die Pränataldiagnostik

Wir versuchen, uns einzuleben, und warten darauf, dass die Zeit vergeht. An den Wochenenden fahren wir manchmal nach Holland, doch wir sind nur halb bei der Sache, es ist keine gute Zeit für einen Neuanfang. Der Alltag ist leichter zu leben. Max geht zur Schule und Ludger zur Arbeit. Sie kommen erst abends nach Hause, ich habe viel Zeit für mich. In den vielen langen Stunden, die vor mir liegen, trinke ich Tee und recherchiere zum Thema behinderte Kinder. Dabei stoße ich auf Artikel über das »Oldenburger Baby«, dieses Kind mit Down-Syndrom, das eine Spätabtreibung überlebt und von den Eltern nicht angenommen wird. Die Eltern klagen gegen die Klinik, weil sie nicht ausreichend über die Möglichkeit informiert worden seien, dass das Kind den Schwangerschaftsabbruch überleben könnte. Ein Stadtrat klagt auf unterlassene Hilfeleistung, weil das Kind nach seiner Geburt lange nur minimal versorgt worden sei.

Es ist ein Schock. Ich kann nicht fassen, was ich da lese. Die Frau hatte den Abbruch im sechsten Monat. Wenn ich jünger gewesen wäre, wenn ich alleine gewesen wäre, wenn ich mich vorher nicht mit dem Thema Pränataldiagnostik auseinandergesetzt hätte, wenn, wenn …

Vielleicht wäre es mir genauso ergangen.

Ich denke an diesen Jungen. Wie schwer geschädigt mag er wohl zusätzlich durch diesen leichtfertigen Umgang mit seinem Leben sein? Und wie sollen Eltern ein Kind annehmen, das sie erfolglos abtreiben ließen? Wie kann es zu solchen Situationen kommen? Wer trägt Verantwortung?

Jahre später sehe ich einen Film über Tim. Er ist mittlerweile sieben Jahre alt und es scheint ihm gut zu gehen in seiner Pflegefamilie. Der Arzt, der damals den Abbruch machte, stellt sich sichtlich erschüttert der Kamera. Er tut mir leid. Was er wohl aushalten musste nach dieser Geschichte? Dabei hat er eine legale und gesellschaftlich erwünschte medizinische Leistung ausgeführt, die nur zum Skandal wurde, weil das Kind überlebt hat. Der Arzt betont, dass er mit dieser Abtreibung dem ausdrücklichen Wunsch der Eltern entsprochen habe. Er bedauert, das Kind durch den erfolglosen Abbruch noch schwerer geschädigt zu haben, und spricht von einer unerträglichen Situation, in die er durch den erfolglosen Abbruch geraten sei. Ich verstehe ihn, doch ich führe mir vor Augen, dass diese Situationen nicht einfach über uns hereinbrechen.

Bis es so weit kommt, müssen viele Menschen an vielen Weggabelungen viele Schritte getan haben. Auch er.

Auch Tims leibliche Eltern tun mir leid, vor allem die Mutter, die es nie geschafft hat, ihren Sohn wenigstens kennenzulernen. Dann vergegenwärtige ich mir wieder, dass eigentlich Tim hier das Opfer ist. Allerdings ein Opfer mit einem unbändigen Lebenswillen. Ich muss lachen, als ich auf dem Bildschirm seine ruppige Freude erlebe.

Ja, mach nur einen Plan!
Sei nur ein großes Licht!
Und mach dann noch 'nen zweiten Plan.
Gehn tun sie beide nicht.
Bertolt Brecht

Die Henne oder das Ei?

Was war zuerst da, die Henne oder das Ei? Das frage ich mich, wenn Gynäkologen sich über klagewütige Eltern beschweren. Eltern, die Schadensersatz fordern, weil die Behinderung ihres Kindes in der Schwangerschaft nicht erkannt wurde, oder weil sie nicht auf alle diagnostischen Möglichkeiten hingewiesen worden seien. Ich weiß, dass Ärzte Schadensersatz leisten müssen, wenn Pränataldiagnostik bei gegebener Indikation nicht angeboten oder fehlerhaft durchgeführt wird. Ich sehe, dass der Druck, immer mehr pränatale Diagnoseverfahren aktiv an die eigenen Patientinnen heranzutragen, gestiegen ist. Aber hat nicht erst diese Medizin, die vorgibt, Behinderungen verhindern zu können, Eltern geschaffen, die meinen, es gäbe einen Rechtsanspruch auf ein gesundes Kind?

Vielleicht bin ich ungerecht, doch ich fühle mich als Opfer dieser Art Medizin. Sie setzt auch mich unter Druck. Den Druck, mich pränatalen Untersuchungen zu unterziehen, den Druck, nach der Diagnose über das Leben meines Kindes zu entscheiden, den Druck auszuhalten, dass immer mehr Menschen der Meinung sind, dass »das« heute nicht mehr »passieren muss«.

Im Internet entdecke ich Klageschriften, in denen Anwälte ausführen, die Geburt dieses und jenes behinderten Kindes habe zu schwerwiegenden Beeinträchtigungen des seelischen Gesundheitszustands ihrer Mütter geführt, zu Weltuntergangsstimmungen und posttraumatischen Belastungsstörungen. Meine Augen wandern ungläubig über die Zeilen. Ich kann nur hoffen, dass die betroffenen Kinder sie niemals zu lesen kriegen.

Pränataldiagnostik kann werdenden Eltern helfen. Doch ihre Verquickung mit der normalen Schwangerschaftsvorsorge ist problematisch. Ich glaube, dass sie zu einer prinzipiellen Verunsicherung schwangerer Frauen geführt hat. Die Angst vor der Geburt eines behinderten Kindes wurde geschürt, das Durchlaufen der Untersuchungen im Rahmen der Vorsorge schafft eine scheinbare Sicherheit. Doch man kann Behinderungen in der Regel nicht pränatal therapieren. Es geht nicht um Vorsorge, es geht um die selektive Erfassung behinderter Embryos. In diesem Rahmen bewegen wir uns, vor diesem Hintergrund muss informiert und beraten werden.

Nach Sofies Geburt werde ich von anderen Müttern gefragt, ob ich nicht schon vorher Bescheid gewusst hätte. Sie sehen mich erwartungsvoll an, und wenn ich »Doch«, sage, weichen manche meinem Blick zwei Sekunden lang aus. Zwei Sekunden, die zeigen, dass sie nicht verstehen, meine Entscheidung nicht gutheißen können.
»Also ich hätte da schooon anders entschieden«, sagt eine Bekannte auf der Straße zu mir. Ihr lang gedehntes »schooon« macht klar, dass ich meiner gesellschaftlichen Verantwortung nicht gerecht wurde.

Es tut weh, wenn die Geburt meines Kindes wie eine Schuld gegenüber der Gesellschaft angesehen wird. Ich leide an dem Rechtfertigungszwang, dem die Pränataldiagnostik mich aussetzt, ich leide an der Unsicherheit und der Entscheidungsnot, in die sie mich katapultiert, und ich leide an den einseitigen Vorzeichen, unter denen sie stattfindet.

Ich leide an der Pränataldiagnostik, aber ich profitiere auch von den Informationen, die sie mir liefert. Wir erfahren im sechsten Monat, dass unser Kind behindert ist. Wir haben Zeit zu trauern, wir informieren uns, wir bereiten uns vor. Unser Wissen macht uns handlungsfähig, und es bietet Schutz für unser Kind.

Wir bekommen ein krankes Kind, also entbinden wir in einem Krankenhaus mit Kinderklinik. Eine natürliche Geburt ist gefährlich für ein Kind mit offenem Rücken, also wird es ein Kaiserschnitt.

Doch wirklich dankbar bin ich erst später, als ich im Krankenhaus erlebe, wie Eltern zusammenbrechen, als sie von der Behinderung ihrer neugeborenen Kinder erfahren.

Als ich miterlebe, wie diese Eltern betäubt, weinend, trauernd neben den Betten ihrer Kinder sitzen.

Da bin ich dankbar. Dankbar, dass wir Bescheid wussten. Dankbar, dass Sofie beim ersten Blick in unsere Augen kein Erschrecken entdeckt. Weil wir vorher getrauert haben.

Weil wir sie bei der Geburt sofort annehmen können.

»Du fragst mich, Kind, was Liebe ist?
Ein Stern in einem Haufen Mist.«
HEINRICH HEINE

»Die Vernunft kann nur reden.
Es ist die Liebe, die singt«
JOSEPH DE MAISTRE

Endlich anfangen dürfen

Die Klinik sieht aus wie eine Fabrik. Ein riesiger Kasten aus Beton, Glas und gigantischen Rohren. Die Drehtür schlägt hinter uns zu, plötzlich finden wir uns wieder in einem anderen Licht, einer anderen Luft, einer seltsam gedämpften Geräuschkulisse. Es ist wie in einer Stadt auf einem unbelebtem Planeten, einer Festung, abgeschnitten vom Draußen. Unzählige Menschen wuseln herum, Rolltreppen rollen, Aufzüge blinken. Ein kurzer Abstecher zur Gynäkologie, und dann geht's zum Kreißsaal. Ich will wach sein bei der Geburt, doch es gibt Probleme mit der Rückenmarksnarkose, und ich bekomme ein Schlafmittel. Als ich zu mir komme, liege ich im Aufwachraum und mein Kind ist schon fort. Dabei wollte ich sie unbedingt trösten und ihr Mut machen vor ihrer ersten Operation.

Doch erst am nächsten Nachmittag kann ich im Rollstuhl nach oben. Max schiebt mich durch unzählige grüngelb gestreifte Flure zur Kinderintensivstation, dann bleibt er stehen. Er kennt diese Tür schon, er muss wieder draußen bleiben. Ich versuche, ihn zu trösten, doch er presst die Lippen zusammen und wirft wütende Blicke um sich. Meine Schwester kommt und wartet mit ihm. Ludger klingelt, öffnet die Tür, schiebt mich in einen kleinen Umkleideraum, lässt mich meine Hände waschen und hält mir einen hellgrünen Kittel hin. Dann führt er mich in diese neue gläserne, elektronische Welt.

Glastüren, Glasbettchen, blinkende Geräte, Piepen, Dröhnen, Klingeln. Hinter einer Scheibe beugen sich Männer in grünen Kitteln über ein Wärmebettchen. Ludger schiebt mich auf das Bett zu, ich starre auf das Kind darin, merke nicht, wie die Ärzte verschwinden.

Ich erkenne dich sofort. Du liegst auf dem Bauch, dein Rücken ist mit Gaze abgedeckt. Du bist klein, kräftig und kahl, deine Wangen sind rund, und dein Kopf sieht verbeult aus. In deiner Nase steckte eine Sonde, bunte Kabel enden an deinem Körper. Du wimmerst leise, deine Augen sind zu. Vorsichtig strecke ich einen Finger in das Glashäuschen und berühre deine Wange. »Hallo du«, sage ich, und ich weiß, meine Liebe wird reichen.

Gelber Klappstuhl

Ich sitze auf dem gelben Klappstuhl, diesem harten Stuhl mit den metallischen Füßen, und hebe das Tuch an, das Sofies Beine bedeckt. Ihre Beine liegen schlaff da, und Sofie reagiert nicht, als ich sie kitzele. Sachte decke ich sie wieder zu und fahre mit der Hand ihren Arm hinab. Sie liegt ganz still, doch als ich ihren Handrücken berühre, spreizt sie die Finger.

Wie schnell ich mich an den Alarm gewöhne, die bekittelten Wesen und die Kabel an meinem Kind. Ärzte kommen, nicken mir zu, besehen die Kurve, befühlen Sofie und verschwinden wieder. Der Monitor schlägt Alarm, die Schwester wirft einen Blick herein. Ich warte, bis sie weg ist, dann lege ich meine Hand an Sofies Wange und fange zu summen an.

Ich bin dankbar, dass ich bei meinem Kind sein darf, glücklich über jeden Handgriff, den ich verrichten darf. Ich kann mich frei bewegen, und ich darf Tag und Nacht zu meinem Kind.

Früher war das anders, früher hielt sich die Medizin die Eltern vom Leibe. In einer meiner ersten Erinnerungen stehe ich mit meinen Eltern in einer Kinderklinik. Hinter einer Scheibe spielt mein Bruder, der damals lange im Krankenhaus lag. Ich winke, aber er kann mich nicht sehen. Niemand darf zu ihm, die Stationsschwestern führen strikt Regiment. Anfang der Sechziger schien man eine solch brutale Trennung des Kindes von seinen Eltern für besser zu halten, erst später erkannte man, wie hoch der Preis dafür war.

Ich laufe durch den Flur, sehe winzige Babys mit ihren Müttern in den gläsernen Räumen, Mütter, die ihre Hände die Glasbetten stecken, um unverkabelte Hautstellen ihrer Kinder zu streicheln.

Manche dieser Kinder werden die Klinik nicht verlassen, sie werden nie Wind spüren, nie in der Wiege schlafen, die zu Hause schon wartet. Ihre Eltern werden eine gespenstisch zärtliche Zeit in einem gläsernen Raum erleben und einen stillen Abschied von einem Kind, das in der Nachbarschaft niemals fehlen wird.

Am Ende des Flurs sitzt eine junge Frau neben einem Inkubator. Reglos sitzt sie da und blickt auf das winzige Wesen vor sich. Ich sehe ihre weit aufgerissenen Augen, frage mich, aus welchem Leben sie gefallen ist, frage mich, wie ihr Kind heißt, und stelle mir vor, wie sie abends nach Hause geht. Jeden Abend ohne ihr Kind.

Max steht wieder vor der Glastür und tritt gegen die Scheibe. Er weiß, dass er nicht rein darf, aber er hält es nicht aus. Ich winke, sein trotziger Blick durchbohrt mich. Zögernd bleibe ich im Flur stehen. Ich will zu Sofie, doch es tut weh, mich zerreißen zu müssen. Warum darf Max nicht mal rein? Nur kurz, sie könnten ihn doch vorher untersuchen? Ich frage die Schwester, und sie stöpselt Sofies Kabel um und lässt uns ihr Bett zur Tür rollen.

Max stellt sich auf die Zehen, drückt sein Gesicht an die Scheibe und wirft einen ratlosen Blick auf den kleinen Kopf, aus dem ein Plastikschlauch ragt. Ich gehe zu ihm und lege den Arm um ihn. Wie viele Stunden wird Max vor dieser Glastür verbringen müssen? Wie oft wird er dagegen treten, und wann wird er seine Schwester endlich in den Arm nehmen dürfen?

»Behandeln ist etwas anderes als heilen.
Ersteres bezieht sich auf ein schlecht funktionierendes Organsystem,
Letzteres auf ein leidendes menschliches Wesen.«

BERNARD LOVVN

Lernen

Wir haben viel zu lernen in dieser ersten Zeit.

Wir lernen, mit der Unbestimmtheit der Medizin zu leben und mit den ungeschriebenen Regeln des Klinikalltags. Anfangs verstehe ich meine Rolle bei der Visite nicht und warte begierig, ein Blatt voller Fragen in der Hand. Wenn die Ärzteschaft dann anrollt, interviewe ich sie ausgiebig. »Hab ich richtig verstanden, dass …? Ist der CRP-Wert ein Indikator für…?«

Mit einem amüsierten Lächeln lässt der Arzt sich auf das Verhör ein, während seine Gefolgschaft mir seltsame Blicke zuwirft. Ich weiß nicht, ob es die hochgezogenen Augenbrauen der Ärztin im Praktikum sind oder das versteckte Grinsen der Stationsschwester, doch plötzlich wird mir klar, dass die große Visite keine Fragestunde für Angehörige ist, sondern eine interne Stationszeremonie. Künftig trete ich auf den Flur, wenn die Chefvisite kommt, und dann ziehen sie schweigend vorbei, der Chefarzt in der Mitte, die anderen konzentrisch um ihn gruppiert. Eine Art Dotterformation, die als Visitenform eher selten ist, wie ich später feststelle. Andernorts praktiziert man noch die Keilformation, mit dem Chefarzt, der hocherhobenen Kopfes und gemessenen Schritts an der Spitze stolziert, und den Ärzten und Schwestern, die hierarchisch hinter ihm aufgereiht sind. Keilformationschefärzte geben sich jovial und nicken strahlend nach rechts und nach links. Dotterformationsärzte treten eher leise auf und halten den Kopf leicht gesenkt.

Wir lernen.

Wir lernen, mit Visiten umzugehen, lernen, richtigen von falschem Alarm zu unterscheiden, lernen, unsere Fragen zu den richtigen Zeiten zu stellen, lernen, den Schwestern zur Hand zu gehen, lernen, unser Kind zu versorgen, lernen, medizinische Werte zu deuten. Doch das Wichtigste, was wir lernen, ist, uns an die richtigen Ärzte zu halten. Es gibt Ärzte, die uns die Hand reichen, sich vorstellen, unser Kind ansehen und sich Zeit nehmen für das Gespräch mit uns. Und es gibt die Durchflieger, die uns mit einem Nicken abspeisen, schnurstracks auf die Maschinen zusteuern, die Kurve kontrollieren und unser Kind nicht mal anfassen. Die Durchflieger, die sich nur an die messbaren Werte halten und Medizin an Sofie verrichten, und die Ärzte, die uns Gefühl geben, unser Kind in Obhut zu nehmen.

Ich lerne, nicht immer an Sofies Bett zu sitzen.

Ich lerne, trotzdem zu essen, trotzdem zu trinken, trotzdem mit Max zu spielen. Ich lerne, dass es gut ist, nach draußen zu gehen, mich in die Sonne zu setzen und den Kopf in den Nacken zu legen. Ich lerne die Geborgenheitsinseln in der Klinik zu schätzen, die Malereien auf den Fenstern, die Spieluhren, die den Kindern in den Schlaf helfen, die kleinen Nachtleuchten, die endlich das Auge ruhen lassen. Und ich lerne zu warten.

Angst

Seit der Diagnose sitzt die Angst mir im Nacken. Immer wieder springt sie mich an, lauert im Hinterkopf, wirft sich auf mich, diese beklemmende Angst. Zuerst habe ich Hoffnung, dass sich das mit der Geburt ändert, doch Sofies Behinderung ist kein stabiler Zustand, ständig verändern und verschlechtern sich Dinge. Diagnosen prasseln auf uns herab. Wir kaufen uns einen Pschyrembel und lernen Vokabeln. Eines Abends steht der Neurochirurg vor uns, heftet Aufnahmen von Sofies Gehirn an die Wand, zeigt auf die fremden Strukturen und fängt an zu erklären. Es liege eine komplexe Fehlbildung des Gehirns vor, aber das Gehirn sei im Aufbau, es gäbe Möglichkeiten der Kompensation und man wisse nie so genau in der Medizin. Allerdings seien die Ventrikel leicht erweitert, und damit stünde die nächste OP an. Er wirft uns einen fragenden Blick zu.

Wir nicken. Sofie ist gerade vier Wochen alt.

An das Schließen der Schleuse werde ich mich niemals gewöhnen. Dieses Zischen der Tür, und dann ist das Kind fort.

»Es dauert bestimmt fünf Stunden. Gehen Sie doch ein bisschen spazieren«, sagt die Schwester und lächelt uns an.

Wir stolpern aus der Klinik in eine grelle, unvermittelte Welt. Studenten schlürfen Sekt unter einem strahlenden Himmel, es ist warm, und niemand achtet auf das gellende Martinshorn.

Wir bahnen uns einen Weg durch die Menge, biegen um die Ecke und streifen durch das Gestrüpp, aus dem die Klinik wie ein überdimensionaler Kasten rausragt.

Ich starre die bunte Fassade an. Sofie liegt jetzt dort, und ihr Kopf ist geöffnet. Trotz der Hitze friere ich und schlinge die Arme um mich. Ein Rettungshubschrauber steigt gelb in die Luft.

»Kommst du?«, ruft Ludger.

Er hat schon den Weg durch das Feld eingeschlagen.

Stunden später. Große weiße Pflaster kleben an Sofies Kopf und Bauch. Zwischen ihnen verläuft ein Schlauch, der dick und wulstig unter der Kopfhaut liegt. Der Shunt soll für den Ablauf des Liquors sorgen, aber er macht mir mein Kind fremd. Ich muss mich setzen und ziehe den gelben Klappstuhl heran. Krampfhaft streichele ich Sofies Hand, ich sehe nur auf die Hand und nicht auf diesen Ring um den Kopf.

Abends wird Sofie wach, und wir dürfen sie hochnehmen. Eine Hand um den Nacken, die andere unter ihrem Rücken hält Ludger sie vor sich. Sofie blinzelt, die Cele an ihrer Stirn ist eingefallen, das weiße Pflaster wirkt riesig am Kopf. Sie wirkt schlapp, und ich sorge mich, doch Sofie breitet die Arme aus, spreizt die Finger und lächelt uns an.

> *»Alle erfahren früher oder später in ihrem Leben,
> dass ein vollkommenes Glück nicht zu verwirklichen ist,
> doch nur wenige stellen auch die umgekehrte Überlegung an:
> dass es sich mit dem Unglück geradeso verhält.«*
>
> Primo Levi

Unmerklich leise Dramen

Aus Versehen laufe ich in ein Zimmer, in dem ein grotesk kleines Baby liegt. Es sieht aus wie ein Äffchen, ein Wesen aus einer Zwischenwelt. Es muss ein extrem frühes Frühgeborenes sein, ich kann den Blick nicht losreißen, auch nicht als die Schwester kommt. »Hab mich im Zimmer vertan«, murmele ich und starre weiter das winzige Wesen an. Das Kind hebt die Arme, es sieht aus wie in luftigem Wasser schwebend.

Im Flur hängen Fotocollagen frühgeborener Babys.
Mara, winzig, verkabelt, 750 Gramm; Ben, 700 Gramm; Anna, 650 Gramm. Babys 800, 1000, 2000 Gramm, irgendwann die Entlassung, dankbare Eltern, strahlende Kinder. Ich schreite den Flur mit den Fotos ab. Diese Kinder haben es geschafft.
Wie auch immer.

Im Elternzimmer treffe ich eine Frau. Ihr Kind ist frühgeboren.
»Man kann sich das nicht vorstellen«, sagt sie, »Immer wenn man denkt, jetzt geht es, kommt der nächste Schock.«
»Man«, sagt sie, »man«. Es wird mir noch oft begegnen. Wenn der Schmerz zu groß wird, verschwindet das »Ich«.

Ich sitze auf dem Klappstuhl und horche in den Flur. Ich weiß, dass sich auf der Station Dramen abspielen, schrecklich schmerzliche Dramen. Kinder werden aus dem Kreißsaal gebracht, schwerkrank, behindert, zu früh geboren. Eltern sitzen betäubt an den kleinen Betten und versuchen zu verstehen. Doch das alles geschieht leise, fast unmerklich. Nur selten sehe ich Tränen, nur selten höre ich jemanden schluchzen im Lärm der Maschinen.

»Ins Grün starren. Es scheint dem Menschen eigen, dass er ins Grün starrt. Das Grün läßt ihn schließen auf Vögel, Tiere, auf Früchte, auf Wasser, auf Essen und Trinken. Aufs Überleben.«

Robert Gernhard

Festung

Im Krankenzimmer vergeht die Zeit nicht.

Sie trödelt zwischen den Visiten herum, kriecht über die Monitore, tröpfelt aus den Infusoren und klebt in den Räumen, durch die nie ein Wind weht.

Draußen wärmt die Sonne, hier drinnen gibt es kein Wetter.

Klimaanlage, Neonröhren, funktional weiße Wände.

Man sitzt starr in dem harten Licht, das einzig Grüne sind die Kittel der Schwestern.

Und diese Architektur, dieser abgeschottete Kasten.

Hoch über der Erde in diesem Gefängnis zu liegen, der Blick sucht den Himmel ab, wenn man Glück hat, schwebt eine Wolke vorbei.

Muss man die Natur denn so aussperren?

Fällt man durch die Krankheit nicht schon genug aus der Welt?

Kein Fenster öffnen, keinen Wind spüren, keinen Vogel hören.

Wie muss es sein, hier lange zu liegen? Wie muss es sein, hier zu sterben?

Kompromisse

Sofie ist erst zwei Wochen alt, und schon gibt es nicht mehr richtig und falsch. Es gibt nur noch gefährlich, wichtig und ebenfalls wichtig. Ständig müssen wir abwägen, ständig suchen wir Kompromisse. Fachärzte werben für Komplettversorgungen, wir wollen Sicherheit, aber wir wollen auch Lebensqualität für Sofie, und so lernen wir, Kompromisse zu schließen. Immer in der Unsicherheit, oft mit schlechtem Gewissen.

Gegen die Hüftdysplasie eine Schiene, in der Sofie sich nicht mehr bewegen kann? Macht das Sinn bei einem Kind, das wahrscheinlich nie laufen wird? Ist es nicht wichtiger, Mobilität zu fördern, ist es nicht wichtiger, die schlaffen Muskeln zu stärken?

Therapieformen, auf die viele schwören, die für Sofie aber unangenehm sind? Wir lesen viel, versuchen uns auf die Therapie einzulassen, entscheiden uns dann dagegen. Unser Kind wird nie laufen können, und seine Muskeln können auch anders gestärkt werden. Jahre später gegen die Skoliose ein hartes Korsett, das sie immer tragen soll? Vierundzwanzig Stunden am Tag, auch nachts, auch im heißesten Sommer? Trotz der durch die Medikamente bedingten Hitzestaus, trotz der Atemprobleme? Das geht nicht, wir entscheiden uns anders. Wir ziehen Sofie das Korsett beim Stehen und Sitzen an, beim Robben und Liegen trägt sie es nicht. Auch nicht, wenn wir es uns gemütlich machen. Dann ziehen wir ihr das harte Ding aus, drücken sie an uns und genießen es, ihren weichen Körper zu spüren.

Eine Ärztin plädiert aufgrund einer Computertomographie für eine Dekompressionsoperation, andere Ärzte wollen warten, ob Sofie Symptome entwickelt. Wir entscheiden zu warten. Vielleicht ist es falsch.

Nachtleuchte

Abends sehe ich ihn am Computer sitzen, im Schein der Nachtleuchte wirkt sein Gesicht weich. Ich frage mich, wie alt er ist, frage mich, ob er Kinder hat. Aus einem der hinteren Räume erklingt leise eine Spieluhr: Au clair de la lune. Der Arzt streckt sich, nimmt die Brille ab und reibt sich die Augen. Es ist spät, er ist schon lange im Dienst. Eben hat er noch mit einer besorgten Mutter geredet. Wie bewältigt man diese Tage, wo nimmt man die Kraft her?

Der Arzt, der meinen Blick zu spüren scheint, hebt den Kopf und sieht zu mir herüber. Ich lächele ihm zu, und er nickt, setzt die Brille wieder auf, legt die Finger auf die Tasten und fängt an zu tippen. Ob er jetzt noch Berichte schreibt? Um diese Uhrzeit?

Andererseits wann, wenn nicht jetzt?

Ding Dong Dong. Daueralarm.

Der Arzt seufzt, wirft einen Blick auf die Alarmanzeige und verschwindet. Kurz darauf kommt er aus einem Zimmer gestürzt, ruft nach der Schwester und hängt sich ans Telefon.

Ärzte kommen gelaufen, sie tragen Mundschutz und schieben Maschinen. Ob sie am Bett operieren?

Ich bin erschrocken. Stirbt da ein Kind? Es wird still, nach und nach gehen alle. Ein Paar wird durch den Flur geführt, der Mann aufrecht und starr, die Frau ungläubig, die Augen weit aufgerissen. Ich höre keinen Laut.

Auch gestorben wird hier still.

Wir waren Hände,
wir schöpften die Finsternis leer, wir fanden
das Wort, das den Sommer heraufkam
Paul Celan

Ein glücklicher Tag

Endlich.

Die Ärzte verabschieden uns mit guten Wünschen und Zetteln voller Termine. Als wir in den Flur treten, legen wir Max sofort Sofie in den Arm. Er hält sie vorsichtig, und er sieht gerührt und unschlüssig aus.

»Lasst uns nach Hause fahren«, sagt Ludger.

Ich trage Sofie zum Ausgang und weine vor Freude.

Als wir aus der Drehtür treten, kneift Sofie die Augen zusammen. Es ist ein sonniger Maimorgen. Sie ist sieben Wochen alt und hat noch nichts von der Welt gesehen. Keinen Himmel, keinen Baum, keine Blume, kein Haus. Die Sonne knallt und Sofie dreht den Kopf an meine Brust und fängt an zu quengeln. Ich lache. »Du bist draußen Sofie, draußen, und das ist die Sonne.«

Sofie mag die Sonne nicht, sie mag das heiße Auto nicht, und sie flieht in den Schlaf. Schlaff hängt sie im Kindersitz, ihre weiße Mütze steht spitz vom Kopf und die kleine Nase reckt sich blass in die Höhe. Max klettert auf den Rücksitz, legt die Arme hinter den Kopf und wirft Sofie skeptische Blicke zu. Ich lache wieder. Sie ist draußen, sie ist endlich draußen.

Zu Hause setzt Max sich auf die Couch und nimmt Sofie in den Arm. Sie blinzelt, der Schnuller sieht riesig aus in ihrem kleinen Gesicht. Ich öffne die Tür, lasse Wind ins Haus. Dann koche ich Kaffee, endlich sind wir zu Hause.

Ludger hat Sofie ein Bett auf dem Teppich gemacht. Ihr kleiner Kopf mit der rosa Mütze liegt zwischen den blaugrünen Kissen und Decken. Die Augen sind zu, ihre winzige Hand hat sie um Ludgers riesigen Finger geschlossen. Den ganzen Tag liegen wir mit den Kindern im Wohnzimmer, trinken Tee, spielen und lesen. Nach sieben Wochen Klappstuhl ist das Glück pur.

Später wird Sofie wacher, und wir gehen spazieren, das Dach vom Kinderwagen ist ganz weit heruntergeklappt. Alles ist grün, es duftet nach Flieder, die Abendsonne liegt auf Sofies kleinem Gesicht. Ob sie die weiche Luft spürt, ob sie merkt, dass alles ganz anders ist?

Das Bett ist zu groß für Sofie. Sie liegt auf dem Rücken, die kleinen Arme über der Decke, den Kopf zur Wand gedreht und die Lider einen Spalt weit geöffnet. Ihr Bett steht unter dem Dachfenster. Sie kann den Himmel ansehen, sie kann Vögel hören, und nirgendwo piept ein Monitor. Ludger macht das Licht aus, Max zieht die Spieluhr auf. Wir freuen uns. Endlich sind wir nachts nicht mehr getrennt. Endlich liegt unser Kind ruhig im Dunkeln.

In ein neues Leben finden

Sofie schreit erst um sechs. Wir nehmen sie hoch und befühlen sie vorsichtig. Hat sie Fieber, Druckstellen, Hirndruck, verdreht sie die Augen, ist sie apathisch? Es ist ungewohnt ohne Ärzte und Schwestern, und ich traue mich anfangs kaum weg von Sofie.

Da ist es gut, dass Max auf Normalität besteht.

»Kommst du endlich?«, fragt er, und ich gehe nach unten und mache uns Frühstück.

Trotz der Unsicherheit sind diese ersten Tage voller Glück.

Es ist wunderbar, beide Kinder um mich zu haben und in Ruhe lesen, baden und kochen zu können. Wunderbar, dass Max Sofie halten kann. Wunderbar, nicht mehr auf dem Klappstuhl zu sitzen, keiner Fremdbestimmung ausgeliefert zu sein, keinem Zerreißen mehr zwischen hier und da.

Ich spiele mit Max, Sofie liegt auf einer Decke, unter ihrer Kopfhaut liegt gut sichtbar der Shunt. Max fragt, ob der immer so bleibt. Ich schüttele den Kopf. »Wenn die Haare wachsen, sieht man ihn nicht mehr.«

Sofie hebt die Arme und lächelt. Dann sieht sie mit großen Augen zur Wand. Dort tanzen Lichtflecke. Sofie sieht ihnen zu, still, einfach nur schauend.

Es ist soweit. Wir gehen zum ersten Mal zur Krankengymnastik. Im Warteraum gibt es Tische mit Stühlen und eine Spielecke. Dort baut ein blonder Junge Türme und fetzt sie dann brüllend auseinander. Die verscheuchte Frau am Fensterplatz murmelt ihm zu: »Nicht so laut!«

Der Junge beachtet sie nicht, sie scheint es auch nicht zu erwarten. Ein Mann auf Krücken müht sich mit Stufe und Tür. Ich zögere, soll ich ihm helfen?

Da wird die Tür aufgestoßen, eine sportliche Frau tritt ein, begrüßt uns und führt uns zum Therapieraum. Dort zieht sie Sofie aus und stellt unzählige Fragen. Fixiert Sofie, greift sie nach Dingen, verschluckt sie sich? Ob wir schon wüssten, wie Sofie therapiert werden solle – nach Vojta, nach Bobath oder kombiniert?

Dann hat sie Sofie am Wickel, bewegt, dreht und wendet sie, wobei sie schnalzt, trällert und gurrt. Ludger und ich staunen, und auch Sofie reißt die Augen auf. Im Nebenraum fängt ein Baby an zu weinen, eine Therapeutin redet sanft auf es ein.

»Vojta?«, frage ich, denn ich habe gelesen, dass Babys diese Therapie als unangenehm empfinden. Die Therapeutin nickt und dehnt Sofies kleine Füße. Jeder ihrer Griffe wirkt bestimmt und erfahren. Ludger verfolgt die Übungen und lässt sie sich genau erklären. Ich setze mich auf den großen Gymnastikball und sehe mich um. Hier werden wir also jetzt jahrelang hinkommen, theoretisch drei Mal die Woche, also 150 Mal im Jahr. Am anderen Ende des Raums ist eine Kletterwand, auf den Matten davor liegen Kuscheltiere und ein roter Massageball. Über dem Therapietisch hängt ein Poster, auf dem unzählige Babys liegen, sitzen, krabbeln, stehen und laufen. »Denver-Entwicklungsplan« steht über den Babys. Ich sehe mir das Poster an und frage mich, wie viele dieser Positionen Sofie jemals erreichen wird.

> »›Die springen hier um mit der menschlichen Zeit, das glaubst du gar nicht.
> Drei Wochen sind wie ein Tag vor ihnen. Du wirst schon sehen.
> Du wirst das alles noch lernen‹, sagte er und setzt hinzu:
> ›Man ändert hier seine Begriffe.‹«
>
> THOMAS MANN, DER ZAUBERBERG

Eine andere Welt

Ich sitze. Sitze und warte. In der Orthopädie, der Urologie, der Poliklinik, dem Sozialpädiatrischen Zentrum, beim Kinderarzt. Um mich herum sitzen, liegen, toben, lachen und weinen kranke und behinderte Kinder. Um mich herum warten Eltern, die resigniert auf die Uhr sehen. Zwanzig, dreißig, vierzig Minuten, dann ist eine Stunde vorbei. Ludger will mitkommen zu wichtigen Terminen, doch die Wartezeiten sind unberechenbar, und er kann nicht ständig verspätet zur Arbeit erscheinen. Anfangs macht es uns wütend, wie aufgesplittert die medizinische Versorgung ist und wie schlecht die Terminplanung in den Klinikambulanzen. Wie lange wir immer wieder warten müssen, wie sehr irgendwelche Terminplaner davon auszugehen scheinen, dass Eltern chronisch kranker Kinder außerhalb jeglicher Zeit stehen.

Beim Warten lerne ich andere Wartende kennen. Meine Welt wird langsamer, und sie scheint nur noch aus Therapeuten, Ärzten und Kranken zu bestehen. Drei Mal wöchentlich sitze ich im Wartezimmer der Krankengymnastin, und bald kenne ich dort die Gesichter der anderen Kinder. Ein stiller Junge mit großem Kopf sitzt in seinem Kinderwagen und sieht mich aufmerksam an. Dann hinkt der Mann mit dem Schlaganfall herein und lässt sich auf einen Stuhl sinken. Ich nippe an meinem Kaffe und nicke ihm zu wie einem alten Bekannten.

Früher habe ich diese Welt nicht wahrgenommen. Es muss sie gegeben haben, die Schlaganfallpatienten, die sich an Stöcken mühsam die Stufen hochkämpfen, die Kinder, die in Buggys festgeschnallt den Kopf baumeln lassen, es muss sie gegeben haben, diese Welt. Doch das Einzige, was ich von ihr mitbekam, waren die Sonderbusse mit den orangefarbenen Schildern, die schemenhafte Gestalten zu besonderen Kindergärten, Schulen und Werkstätten transportierten, alles Orte, die meine Welt kaum berührten. Und jetzt war diese Welt auch meine Welt, meine Welt und Sofies.

Bei der Krankengymnastin müssen wir nicht lange warten. Ich gehe gerne zu ihr, es ist gut, eine Fachfrau zu haben, mit der ich über Sofie reden kann. Wir sind zu früh da, ich schlage eine Zeitschrift auf und entspanne mich. Sofie liegt im Kinderwagen und schläft. Gleich wird Frau K. die Tür aufstoßen, uns in den Therapieraum rufen, Sofie wecken und ihre Muskeln bewegen. Ich werde mich auf den Gymnastikball setzen. Den Denver-Entwicklungsplan kenne ich fast auswendig.

Den Alltag erobern

Den Alltag erobern heißt, sich weniger Sorgen zu machen und nicht ständig an Hirndruck zu denken.
Den Alltag erobern heißt, das Vertrauen zu gewinnen, dass wir rechtzeitig merken, wenn Sofie akute Probleme hat.
Den Alltag erobern heißt, zu entscheiden, welche Therapien wir für notwendig halten, und wer diese durchführen soll.
Den Alltag erobern heißt, wieder für Max da zu sein.
Den Alltag erobern heißt, manchmal den Kopf frei zu kriegen.
Den Alltag erobern heißt, Tore zur Welt zu finden.

Früher habe ich gelesen, aber kein Radio gehört. Doch jetzt, wenn Sofie schläft und Max in der Schule ist, koche ich mir oft einen Kaffee, stelle mich ans Fenster und schalte das Radio an. Und während ich den Kindern zusehe, die draußen Bällen nachjagen, höre ich Stimmen über Heidegger sprechen, über Schumann, Haffner und die Chancen von Migrantenkindern auf dem Arbeitsmarkt. Stundenlang höre ich diesen Stimmen zu, und sie werden mein Tor zur Welt.

Während wir uns noch abstrampeln, hat Sofie ihren Alltag erobert. Gelassen hört sie dem Schnalzen der Therapeutin zu, gelassen überlässt sie dem Orthopäden ihre Füße zum Gipsen. Sieben Monate lang müssen ihre Füße eingegipst werden, jede Woche fahren wir zur Orthopädie, und während der Arzt und die Schwester gipsen, liegt Sofie ruhig da, saugt an ihrem Schnuller und sieht dem Mobile zu. Ihre Füße sind schwer mit dem Gips, doch die weißen Stiefel sind ganz normal für sie.

Sofie ist ein Wartezimmer-Profi, und ich gucke mir von ihr ab, dass Wartezimmer Räume sind wie andere auch. Es ist warm, es regnet nicht, man kann durchaus hier sitzen. Wenn ich jetzt ins Wartezimmer trete, streife ich meine innere Uhr ab und packe eine Flasche Wasser, Bücher und Zeitungen aus. Ich warte nicht, ich bin einfach da. So ist es leichter zu ertragen, ja so ist es, als ob man verlorene Zeit wieder findet.

Wir erobern den Alltag, doch uns fehlen die Freunde. Und wann und wo sollen wir sie finden? Wir haben wenig freie Zeit. Die Chancen, regelmäßig zu Kursen oder Vereinstreffen zu gehen, sind schlecht, und die Regelangebote wie Spielgruppe, Krabbelgruppe, Eltern-Kind-Angebote, über die viele Eltern Kontakte knüpfen, passen nicht wirklich für uns.

»Hast du schon Leute kennengelernt?«, fragt meine Schwester mich ein paar Monate nach Sofies Geburt.

»Ungefähr siebzig«, sage ich. »Dreißig Ärzte, dreißig Krankenschwestern und zehn Therapeutinnen.«

Sommer

Es ist Sommer, und wir tragen Sofie von Schatten zu Schatten. Sie ist jetzt länger wach und guckt mit großen Augen die Welt an. Licht, Wasser, Baum, Halm, Blume, Licht.

Ich halte ihr eine Rassel hin. Warum greift sie nicht danach?

Ich sorge mich. Reize anbieten, sagt die Ärztin, rot ist gut, die Rassel ist rot, und ich rassele laut. Sofie reagiert nicht. Ich rassele lauter. Da legt sie zwei Finger ans Ohr, spitzt ihre Lippen und sieht verschmitzt in die Luft. Sie sieht pfiffig aus, und als ob sie mich auslacht, und ich lache mit ihr und lege die Rassel weg.

Der Shunt verläuft unter der Haut wie ein Ring um den Kopf. Er erschreckt die Leute, und wenn wir rausgehen, ziehe ich Sofie eine Mütze an. Im Eiscafé halte ich sie auf dem Schoß, als eine alte Frau sich neben mich setzt und mich anspricht: »Was für ein süßes Baby, ein Mädchen, nicht wahr? Wie alt ist sie denn?«

»Fast vier Monate«, sage ich.

»Wenn sie klein sind, sind sie am süßesten«, sagt die Frau.

Ich halte ihrem strahlenden Blick stand und wehre mich gegen das Gefühl, ihr sagen zu müssen, dass Sofie behindert ist, wehre mich gegen das Gefühl zu betrügen.

Sofie ist ein ruhiges, fröhliches Kind. Sie schläft nachts durch, planscht gerne im Wasser, horcht andächtig auf Klänge, liegt auf Decken und spielt zufrieden mit ihren Fingern. Bereitwillig lässt sie sich gipsen, therapieren, untersuchen, nur bei Blutabnahmen weint sie, oder wenn wir niesen und staubsaugen. Sie mag laute Geräusche nicht, aber ansonsten macht sie alles so problemlos mit, so dass wir vergessen, was sie alles leisten muss.

Ende August, nach einem anstrengenden Vormittag mit Gipsen und Therapie, liegt sie reglos im Wohnzimmer. Ihre Augen sind einen Spalt weit geöffnet, doch sie scheint zu schlafen. Leise setze ich mich zu ihr. Was sie schon alles hinter sich hat. Sie ist willig, doch gerade sieht sie alt und erschöpft aus.

Am Wochenende legen wir Sofie in den Kinderwagen und schieben sie stundenlang durch den Buchenwald. Mir ist, als ob sie Grün nachholen müsste, wer weiß, wie lange wir Alltag leben dürfen, wer weiß, wann wir wieder in den abgeschotteten Kasten müssen. Als wir nach Hause kommen, ist Sofie nass geschwitzt. Wir stellen die kleine Wanne raus und füllen Wasser ein. Sofie ist gerne im Wasser. Wasser trägt, im Wasser kann sie ihre Beine bewegen. Vorsichtig halten wir sie und sehen ihren sanften Bewegungen zu. Sofie zieht die Beine an, streckt sie wieder aus. Wir sehen uns über unser Kind hinweg an. Was für ein Wunder, wenn jemand Wasser tritt, was für ein Wunder, wenn sich ein Bein bewegt.

Später sitzen wir draußen und trinken Kaffee. Der Himmel ist hoch, unsichtbare Flugzeuge streifen das Blauweiß. Max ist fort, Fußball spielen, Ludger sitzt im Halbschatten und hält Sofie still im Arm. Silbrige Samen schweben vorbei, das Rauschen der Esche klingt wie ferne Brandung.

    Am nächsten Morgen reißt Sofies Weinen mich aus dem Schlaf. Ich nehme sie auf den Arm, drücke sie an mich und trete ans Fenster. Kühle Luft weht herein, ein Rabe krächzt, und irgendwie riecht es nach Herbst.

»Die Kinder hat man auf die Straße geschickt und auf die Betonsperren. Sie reiten auf den Sperren und haben hundert Wünsche. Sie wollen Soldat oder Flieger oder Spion werden, wollen heiraten und sonntags Hühnchen, wollen Stacheldraht und Pistolen und Lakritzen und abends Märchen«

Ingeborg Bachmann

»Gemeinsam«

Wir gehen zum Fest der Behindertenverbände. Sofie liegt im Kinderwagen, noch ist sie nicht als behindertes Kind zu erkennen. Schon am Rathaus hören wir die Musik. Es ist ein schöner Tag, doch der Katschhof sieht eher leer aus. Vor den Infoständen stehen Menschen, der Duft von Waffeln hängt in der Luft.

Auf der Bühne spielt ein Behindertenorchester traurig-fröhliche Musik. Vier lachende Männer tanzen dazu. Ein alter Mann, der eine Aktion-Mensch-Mütze auf dem Kopf trägt, hält eine braune Schachtel umklammert und tanzt etwas abseits von ihnen zwei Schritte vor, zwei zurück, zwei vor, zwei zurück.

Über der Bühne steht das Motto: »Gemeinsam.«

Es sind wenig Leute da, anscheinend nur Menschen mit Behinderung und ihre Familien, und obwohl alle klatschen, wirkt der Beifall doch spärlich. Zwei blonde Mädchen mit Down-Syndrom hüpfen ausgelassen umeinander herum. Ihre Münder stehen offen, ihr wildes Lachen schallt über den Platz.

Max steht skeptisch neben mir und sieht den Musikern zu, Sofie liegt im Buggy und schläft. Ich habe einen Kloß im Hals. »Gemeinsam«, und es wirkt alles so einsam, so außerhalb.

Die Band setzt einen lärmenden Schlusspunkt, ein roter Luftballon steigt in die Luft. Ich senke den Kopf. Ich will nicht, dass man hier meine Tränen sieht.

Sonderwelten

Bei einem behinderten Kind sind die Weichen von Anfang an anders gestellt. Als wir die Diagnose erhalten, melden wir uns beim Geburtsvorbereitungskurs ab. Was sollen wir pressen üben, wo es ein Kaiserschnitt wird? Und wie sollen wir aufgeregten Eltern begegnen, die hoffen, dass alles gut läuft bei ihnen? Andere schwangere Frauen lerne ich nicht kennen, für Rückbildungsgymnastik bleibt keine Zeit, die gängigen Spielgruppenangebote passen nicht gut. Es gibt die Möglichkeit, zum Eltern-Kind-Treff der Lebenshilfe zu fahren, aber es ist viel Fahrerei. Wir brauchen den Kontakt zu anderen Eltern mit behinderten Kindern, doch wir gehen zu den Treffen unserer Selbsthilfegruppe; und wir wollen nicht nur in Spezialwelten leben.

Allerdings birgt der Kontakt mit Müttern nicht-behinderter Kinder auch seine Sprachlosigkeiten. Was sage ich, wenn andere Mütter mir vor Stolz platzend erzählen, was ihr Kind alles kann? Wie mobil es schon ist, wie schnell es sich aufrichten kann?

Was sage ich, wenn sie betroffen schweigen, wenn ich Sofie die Mütze ausziehe, sie den Abdruck des Shunts unter der Kopfhaut entdecken und dann nicht fragen: »Was hat denn dein Kind?«

Obwohl wir uns bemühen, ist es schwer, Kontakt zu Familien mit kleinen Kindern zu finden. Und obwohl wir viel rennen müssen, dehnt sich manchmal die Zeit. So viele Stunden zu füllen bis zum Kindergarten, so viel einsame Zeit vor uns.

Schläge

Die Ärztin im Sozialpädiatrischen Zentrum versucht, die Fäden zusammenzuhalten. Sie fragt uns, wie's geht, und sie sieht uns dabei so aufmerksam an, dass wir ihr wirklich antworten. Dann bespricht sie mit uns die Berichte der Fachärzte, und dann untersucht sie Sofie. Sie misst Größe und Kopfumfang, testet Reaktionen, Reflexe, Beweglichkeit. Wir beobachten die zierliche Frau, die so freundlich mit unserem Kind umgeht. Dr. D. nimmt sich Zeit, eine so sorgfältige Untersuchung haben wir bisher nicht erlebt.

»Sieht doch so weit ganz gut aus«, sagt sie, als sie von der Liege aufsteht, und wir atmen auf. Diese Angst, Symptome zu übersehen und Komplikationen zu spät zu bemerken. Die kurzen Begegnungen mit den Fachärzten sind da nicht wirklich beruhigend.

In der Urologie wird Sofies Blasendruck gemessen. Sie hat einen Reflux, der Urin staut sich zurück in die Nieren, und das muss unterbunden werden. »Katheterisieren?«, frage ich.

Die Ärztin nickt. »Ja. Sofie bekommt eine Medizin, die den Rückfluss verhindert, und sie muss fünfmal am Tag katheterisiert werden. Keine Sorge! Sie lernen das schnell, die Schwester wird es Ihnen gleich beibringen.«

Sofie ein Medikament geben, das die Blase lähmt und viele Nebenwirkungen hat? In mir sträubt sich alles.

»Und die Antibiotik-Prophylaxe? Müssen wir ihr wirklich jeden Tag Antibiotika geben?«

»Ich empfehle es. Zumindest für den Anfang.«

Die Ärztin schenkt mir ein Lächeln.

Ich hebe Sofie ins Auto, setzte mich nach vorn und lege den Kopf aufs Lenkrad. Was hat der Mann aus der Selbsthilfegruppe gesagt? »Es trifft einen unerwartet.«

Fünfmal täglich katheterisieren. Das macht alles viel schwieriger. Kann Sofie dann von anderen betreut werden? Können und wollen Verwandte und Freunde das lernen, oder bleiben nur Kinderkrankenschwestern als Betreuungspersonen?

Ich fahre nach Hause und lese den Beipackzettel des Medikamentes, das ich Sofie geben soll.
So viele Nebenwirkungen. Was tun wir dem Kind an?
Wir reden mit Fachleuten, doch niemand sieht eine Alternative. Also überwinden wir uns und mischen die Pulver in Sofies Brei. Sofie schluckt, würgt und fängt an zu weinen.
»Tut mir leid, Sofie.« Ich fühle mich elend. Sofie presst die Lippen zusammen und verweigert das Essen. Abgekämpft lege ich sie auf den Wickeltisch. Es ist zu früh zum Katheterisieren, aber ich bin nervös und will es hinter mich bringen. Ich nehme den Katheter, lege ihn in den Tupfer und führe ihn vorsichtig ein.
Wie weit kann ich schieben? Verletze ich Sofie nicht? Es kommt kein Urin. Noch weiter schieben, wirklich noch weiter?
Da läuft es, es hat geklappt. Meine Schultern sacken nach unten, ich atme tief aus. Nach drei Stunden probiere ich es wieder, es klappt erst beim vierten Mal.
»Ach, Maus«, sage ich, schiebe die Wassermann-Cassette in den Rekorder, nehme das Kind in den Arm und setze mich mit ihm auf die Couch. »Als der Wassermann eines Abends…«
Sofie mag die Wassermannstimme. Sie lehnt ihren Kopf an mich, steckt sich den Schnuller in den Mund und lauscht.

Ludger lernt das Katheterisieren schneller als ich, und für Sofie scheint die Prozedur kein Problem darzustellen. Sie liegt still, als ob sie uns helfen wolle, und nach ein paar Tagen kann auch ich es ganz gut. Trotzdem bleibt die Angst. Wenn es mal nicht klappt? Wenn Ludger weg ist, und ich es auch beim zehnten Mal einfach nicht schaffe? Ich bin angespannt, die Tasche für die Klinik steht fertig im Flur.

Stress

Wir stehen im Stau, ich sehe auf die Uhr und fange an zu rechnen. Vier Stunden seit dem letzten Katheterisieren, und Sofie hat viel getrunken. Ich wechsele die Spur, doch auch hier tut sich nichts. Sofie zeigt auf die Flasche, sie will trinken, ihr Kopf ist knallrot. »Das geht nicht, Maus. Deine Blase wird zu voll.«

Sofie fängt an zu weinen, ich trommele mit den Fingern auf dem Lenkrad, die Autos bewegen sich nicht. Als wir zu Hause ankommen, stürze ich nach oben, doch es ist schon zu spät. Ich versuche es hektisch, wieder und wieder, doch es hat keinen Zweck, es klappt einfach nicht. Mit zitternden Händen packe ich Sofie wieder ins Auto und fahre zur Klinik. Sofie weint vor Durst, und ich bin fertig, als wir in der Urologie ankommen. Die Schwester schafft es beim dritten Mal. Sofie, die sich müde geweint hat, trinkt zwei Schlucke und schläft sofort ein. Ich lege sie in den Buggy, schiebe sie Richtung Ausgang, bin plötzlich ganz zittrig. Ich kaufe mir eine Flasche Wasser, setze mich draußen auf eine Bank und sehe mein schlafendes Kind an. So was will ich nicht mehr erleben. Ab jetzt katheterisiere ich alle drei Stunden.

Das alles geht nicht spurlos an mir vorüber. Ich werde hektischer, und ich ertappe mich dabei, wie ich renne und hetze und oft nicht mehr weiß, wohin und warum. Das ständige Funktionieren, streng nach der Uhr leben, katheterisieren, Medizin geben, Untersuchungen, Therapietermine, all das macht mich rastlos, und wenn ich mich hinsetze, sind meine Beine unruhig und wollen noch hierhin und dorthin laufen.

»Bleib doch mal sitzen«, sagt meine Cousine, und ich muss mich zwingen, nicht aufzuspringen, nach Sofie zu sehen, keine Teller, keine Tassen zu holen. Es dauert, bis ich zur Ruhe komme.

Es gefällt mir nicht, so hektisch zu sein. Deswegen richte ich mir die Zeitungsstunde ein. Ich zwinge mich zur Ruhe, zwinge mich, morgens die Zeitung zu lesen. Wenn wir keine Termine haben, setze ich Sofie auf die Matte und sage: »Du musst jetzt alleine was machen, ich will Zeitung lesen.«

Sofie, die spürt, dass die Zeitungsstunde wichtig für mich ist, spielt mit ihren Fingern und lässt mich in Ruhe. Und ich lese, trinke meinen Kaffee, werfe ab und zu einen Blick auf Sofie und merke, wie meine Beine ruhiger werden.

Da ist auch dieser Augenblick, wenn Sofie die Augen schließt und ich aus dem Zimmer gehe. Dieser Augenblick Verlorenheit. Nicht, dass nichts zu tun wäre. Das Geschirr steht noch auf dem Tisch, Ludger kämpft mit der Wäsche, und Max sitzt auf der Couch und wartet auf uns. Ich räume den Tisch ab, und fast bedauere ich, dass ich nicht rauche. Eine Zigarette wäre eine gute Überleitung von der ständigen Wachsamkeit zu einem ruhigen Abend. Eine Zigarette erlaubt, nicht sofort nichts zu tun.

»Gleich bin ich fertig«, sage ich zu Max, trete auf den Balkon und versuche mich zu erinnern, wie meine Abende vor Sofie waren. Diese Unruhe kannte ich nicht, dieses Gefühl, rennen zu müssen, rennen und rennen. Ich sehe in den Himmel, seufze und greife nach der Gießkanne. Werd ich halt Blumen gießen.

Blumen gießen gegen das Gefühl eines Bruchs.

*»Nicht körperliche oder geistige Beeinträchtigungen als solche,
sondern deren soziale Folgen, die Reaktion der Anderen lassen
behinderte Menschen in erster Linie an ihrem Leben verzweifeln«*

BISCHOF FRANZ KAMPHAUS

Scherenschnitt

Wenn ich Zeitung lese, schneide ich alles aus:

Artikel über Eltern, die ihre behinderten Kinder nicht wollen, Artikel über Eltern, die gegen Ärzte klagen, Artikel über Krankenkassen, die Eltern behinderter Kinder höhere Versicherungsbeiträge abknöpfen wollen.

Artikel über behinderte Menschen, die gegen ihre eigene Geburt klagen. Artikel über Anwohner, die sich gegen den Bau eines Behindertenwohnheims im Wohngebiet wehren, Artikel über Reisende, die vom Reisebetreiber Schadensersatz verlangen, weil eine Gruppe behinderter Touristen im gleichen Speisesaal isst, Artikel über Übergriffe auf Behinderte.

Artikel über Kongresse behinderter Menschen, Artikel über eine Ausstellung von Künstlern mit geistigen Behinderungen, Artikel über ein gelähmtes Paar, das ein Kind adoptiert. Ich schneide alles aus.

Klinikbilder

Sofie hat Fieber, der Kinderarzt wiegt den Kopf hin und her.
»Tja, ich halte es für besser, wenn Sie ins Krankenhaus gehen.«
Schnell nach Hause, Tasche packen, in die Klinik, Aufnahme auf der Kleinkinderstation. Und wieder Warten, Chaos, Gewusel, Geschrei. Abends werden die Betten ausgeklappt, es folgen Nächte mit schreienden Kindern, Alarm, raschelnden Laken. Morgens schleiche ich gerädert durch den Flur, lasse mich kraftlos in einer Ecke am Fenster nieder. Schwestern eilen draußen über den Vorplatz, Tauben flattern auf, die Sonne scheint schon, draußen wird es wohl ein schöner Tag werden.

Abends, als Sofie schläft, stelle ich mich vor die Klinik und halte mein Gesicht in den Wind. Zwei alte Männer unterhalten sich über ihre Blutwerte, eine junge Frau mit Thrombosestrümpfen schleicht vorbei und hält sich den Bauch. Gyn, murmele ich. Ich fange auch schon an, in Stationen zu denken.
Ich sehe in die Sterne, finde die Venus und versuche, dort Ruhe zu finden. Doch ich muss an Sofie denken. Es ist so laut auf der Station. Ob Sofie wirklich noch schläft?
Schnell drehe ich mich um und gehe nach oben. Als ich in den Stationsflur trete, höre ich einen Alarm, irgendwo in einem Zimmer brüllt ein Kind vor sich hin. Aber Sofie ist nicht aufgewacht, und ich sinke neben ihrem Bett auf den Klappstuhl und warte auf meine Ablösung. Als Ludger kommt, wechseln wir nur ein paar Worte. War was, wann musst du morgen los? Dann taumele ich aus dem Krankenhaus. Ich bin hohl vor Müdigkeit.
Nach einer Woche dürfen wir gehen. »Unspezifisch«, sagen die Ärzte, es wird uns immer wieder passieren.

Wochen später müssen wir wieder ins Krankenhaus. Sofie kommt an den Tropf, apathisch liegt sie im grünen Bett. Wir teilen das Zimmer mit einem nervigen Jungen. Mit trotzigem Blick schlägt er mit der Gabel auf das Metallbett. »Pscht!«, flüstert seine Mutter, eine hektische hellblonde Frau. »Guck mal, das Mädchen muss schlafen.« Sie lächelt mir zu, der Junge schlägt fester.

»Du willst doch das kleine Mädchen nicht wach machen!«, beschwört die Frau ihn. Der Junge kommt auf uns zu. Auch als er die Gabel auf Sofies Bett schmettert, steht seine Mutter nicht auf. Sie dreht sich zu mir um, lächelt beschwichtigend. »Das ist seine Art, Kontakt aufzunehmen.« Der Junge hebt wieder den Arm, da greife ich zu und nehme ihm die Gabel ab.

»Fang nicht an zu brüllen«, sage ich und lege meine ganze Kraft in den Satz. Da endlich steht die Mutter auf. Sie wirft mir einen gekränkten Blick zu, nimmt ihren Sohn an der Hand und rauscht aus dem Raum.

Auch bei der nächsten Einweisung ist auf der Station viel zu viel los, und sobald es möglich ist, flüchte ich mit Sofie in den Innenhof. Dort ist ein kleiner Spielplatz. Ich setze mich mit Sofie in den Sand und beobachte einen Jungen, der auf der Rutsche liegt und den Himmel ansieht. Er ist vielleicht zehn und trägt eine Mütze, aus der keine Haare rausstehen. Neben ihm auf der Bank sitzen zwei Frauen. Die adrette Ältere erzählt munter von einer Silberhochzeit, die Jüngere wirkt erschöpft, ihre Haltung ist starr.

»Hörst du auch zu?«, quengelt die Ältere.

Da richtet der Junge sich auf. »Gehen wir ein Eis kaufen, Oma?«, fragt er und zieht die ältere Frau fort.

Die Tochter atmet auf und sinkt in sich zusammen. Sofie wirft mit Sand, und die Frau fährt sich durch das dunkle Haar, lächelt und fragt: »Was hat Ihre Kleine?«

»Sofie hat eine angeborene Querschnittslähmung und gerade einen Harnwegsinfekt. Und Ihr Sohn? Krebs?«

Sie nickt. »Was gäbe ich dafür, wenn meine Mutter das Wort

einmal ausspräche. Wir sind jetzt drei Monate hier. Meinen Sie, sie hätte ein Mal Krebs, ein Mal Leukämie gesagt?«

»Es tut mir leid«, sage ich, da fängt sie an zu weinen.

Als die ältere Frau zurückkommt und die Tränen ihrer Tochter sieht, schürzt sie die Lippen und bleibt neben der Bank stehen.

»Halt mal, Oma«, sagt der Junge und reicht ihr das Eis. Er setzt sich zu seiner Mutter und nimmt sie fest in den Arm. Ich sehe sie noch lange vor mir, die rote Mütze des Jungen und den dunklen Haarschopf der Frau, still einander zugeneigt.

*»Doch vor allem hat das Leben
immer noch die Struktur eines Versprechens,
nicht die eines Programms«*

Pascal Bruckner

Das einsame Kind

Wieder in der Klinik. Wenn Sofie schläft, wandere ich durch die Flure. Im Nebenzimmer schreit dauernd ein Kind. Es scheint alleine zu sein, denn die Tür ist immer geschlossen, und ich sehe nur Schwestern durchschlüpfen und nie jemanden im Besucherkittel. Ob seine Eltern sich nicht um es kümmern? Ob es im Heim lebt? Nachts schreit das Kind, ich höre seine dunklen Rufe und habe das Bedürfnis, zu ihm zu gehen und es zu trösten.

Eines Morgens steht die Tür zum Nebenzimmer offen, und weit und breit ist niemand zu sehen. Ich trete in die Tür. Neben dem Bett sitzt ein massiges Kind in einer orangefarbenen Schale. Es hat glattes schwarzes Haar, dunkle Augen und einen samten Blick. Kurze tiefe Laute ausstoßend schiebt es den Kopf vor und zurück.

»Hallo«, grüße ich.

Das Kind dreht langsam den Kopf zur Tür. »Ich wohne nebenan«, sage ich. »Und ich höre dich immer.«

Das Kind sieht mich an, sein gleichmütiger Blick scheint alles Wissen vom Anfang der Welt an zu bergen. Ich komme mir plötzlich klein vor und dumm, so als habe ich leichtfertig fremdes Hoheitsgebiet betreten, und ich nicke dem Kind zu, drehe mich um und gehe schnell wieder.

Im Kollektiv sterben

Vor der Klinik haben sich Roma versammelt. Hunderte von Frauen, Männern und Kindern. Die Männer tragen glänzende Anzüge in Schwarz, Bordeaux oder Braun, die Frauen Kostüme mit Röcken und Pfennigabsätzen. Sie sind langhaarig und vollbusig, auf ihren bunten Kleidern glitzert goldener Schmuck.

Auf der Bank neben dem Klinikeingang sitzt eine alte Frau. Sie hat etwas Indianisches an sich mit ihrer langen Zigarette, dem Ansatz eines Schnurrbarts und dem dünnen schwarzen Zopf. Bedächtig zieht sie an ihrer Zigarette und erzählt etwas in dunkel klingenden Worten. Die Frauen neben ihr nicken zu den Worten der Alten und wippen mit den Füßen, ihre Röcke sind bis zur Brust hochgeknöpft. Überall springen Kinder herum, ein Junge stürzt auf den Eisstand zu und schreit: »Hallo, ich will zwei Kugeln Erdbeereis.«

Tauben stürzen sich aufs Pflaster und picken nach Krümeln, graue Wolken stehen über dem klotzigen Klinikbau.

Plötzlich werden Namen gerufen, die bunte Menge erhebt sich und verschwindet blitzschnell durch die Drehtür.

»Was ist denn da los?«, frage ich die Schwester, die neben mir auf der Bank eine Zigarette raucht.

»Ach, da liegt jemand von denen im Sterben, dann kommen die immer alle«, sagt die dunkelblonde Frau und stößt gleichmütig Rauch in die Luft.

Was ist normal?

Vor Sofies Geburt war das Leben mit einem gelähmten Kind nicht vorstellbar. Jetzt stelle ich fest, dass viele Alltagsbilder sich kaum unterscheiden. Sofie lächelnd auf Ludgers Arm, die Augen geschlossen, den Kopf in die Sonne haltend. Sofie lachend auf ihrer Wickelauflage, gähnend auf der Couch oder mit dem Schnuller auf Max' Schoß sitzend. Sofie, die sich konzentriert Frischkäse ins Gesicht schmiert, Sofie, die mit leuchtenden Augen ein Buch anguckt. Eine nasse Sofie, die ins Badethermometer beißt und in die Kamera starrt. Sofie, die versucht, mir den Schnuller zu klauen. Sofie, die auf dem Boden mit einer Schüssel spielt, Sofie, die auf dem Brückengeländer gehalten wird und strahlend Steine ins Wasser wirft, Sofie, die lacht, wenn man sie küsst.

An die anderen Bilder haben wir uns so schnell gewöhnt, dass wir vergessen, wie befremdlich sie auf manch andere wirken. Sofie mit dem Shunt im Kopf, Sofie mit den Gipsstiefeln, Sofie, die auf dem Boden robbt, Sofie mit der Brille, Sofie mit den hochroten Hitzestauwangen.

Je älter Sofie wird, desto sichtbarer werden die Unterschiede. Sofie im Rollstuhl, Sofie, die nicht krabbeln, nicht frei sitzen und ohne Orthesen nicht stehen kann. Doch Sofies Behinderung ist so normal für uns geworden, dass wir sie im Alltagsleben oft nicht mehr wahrnehmen. Dies fällt uns auf, als wir eines Tages einen kurzen Videofilm über Sofie ansehen. Wir sitzen auf der Couch, beobachten, wie unser Kind im Fernsehen rumrobbt, und sind erschüttert darüber, wie schwer behindert es wirkt.

Da muss ich an die Frau denken, die mir immer erzählt, dass ihr Sohn »nur hinterher sei und dass das alles noch komme«.

Jedes Mal, wenn ich sie treffe, frage ich mich, wie sie übersehen kann, dass ihr Sohn eine Behinderung hat. Ich habe immer gedacht, dass sie die Beeinträchtigung ihres Kindes einfach nicht wahrhaben will, aber jetzt frage ich mich, ob nicht auch sie ihr Leben so um die Einschränkungen ihres Kindes herum gebaut hat, dass ihr diese nicht auffallen.

Sofies Lähmung wird für uns jedenfalls so normal, dass wir vergessen, dass andere kleine Kinder stehen und laufen können. Und mehr als einmal irritieren wir Eltern, weil wir unwillkürlich aufspringen und die Hände ausstrecken, um ihre laufenden Kinder völlig unnötigerweise zu stützen und zu halten.

Wasser

Es ist warm. Ich habe die Wanne auf den Balkon gestellt, bunte Becher schaukeln auf dem glitzernden Wasser. Ich setze Sofie in die Wanne, knie mich hin und stütze sie, damit sie die Hände zum Spielen frei hat. Sofie nimmt den roten Becher, füllt ihn mit Wasser, kippt es sich über den Kopf, schnappt erschrocken nach Luft. Dann lacht sie, brabbelt wieder vor sich hin und wäscht ihre Plastiktiere. Sie ist ein Jahr alt, und sie hat sich verändert.

Ihr Gesicht ist schmal geworden, das blonde Haar lockt sich, und der Schlauch im Kopf ist nicht mehr zu sehen. Seit sie die Brille trägt, schielt sie nicht mehr, und manchmal, wenn ich die Babyfotos sehe, kann ich es nicht fassen, wie hübsch sie jetzt ist.

Als wir zum ersten Mal am Meer sind, starrt Sofie mit großen Augen auf die blauschillernde Fläche. Dann zappelt sie, will hinab in den Sand. Ludger setzt sie ab, und sie robbt los, zieht ihren mageren Körper stetig näher zum Wasser. Da rollt eine Welle heran, überspült sie, reißt sie mit sich. Ich schreie, doch Ludger hat Sofie schon hochgerissen und an sich gedrückt. Ich bin erschüttert: Dieser kleine, flach liegende Körper, die kleinste Welle kann sie überrollen, sie hat dem Meer so wenig entgegenzusetzen.

Trotz dieses Schreckens sind es schöne Wochen am Meer. Ludger und Max toben im Wasser, Sofie sucht stundenlang Muscheln und wirft sie den Wellen hin. Ich liege in der Sonne, lasse Sand durch meine Finger rieseln, lausche der Brandung und sehe zu, wie die Wellen Sofies Muscheln forttragen.

> »Hilflosigkeit ist nicht einfach gleichzusetzen mit völliger Ohnmacht und Versagen. Hilflosigkeit bedeutet die Anerkennung der Grenzen unseres Einflusses, die Fähigkeit, es zu ertragen, auf jemanden oder auf etwas angewiesen zu sein«
>
> Aron Gruen

> »Die polarisierte Struktur des Geschlechterunterschieds lässt nur irrationales Einssein und rationale Autonomie als Alternativen zu. Im Gefolge dieser Aufspaltung erscheint das Bild weiblicher Bindung als das gefährlichere, das Ziel männlicher Ablösung als das rationalere«
>
> Jessica Benjamin

Wir können auch anders

Wir sind geprägt von einer Gesellschaft, die Autonomie über alles stellt und unsere grundlegende Bedürftigkeit leugnet. Niemand kann aus sich und für sich sein, und doch tun wir, als ob Bedürftigkeit den Verlust unseres Selbst bedeute. Dies wird mir erst klar, als ich umlernen muss. Im Leben mit Sofie brauchen wir Hilfe, viel Hilfe, und wir lernen, um sie zu bitten.

Wir bitten Verwandte, Freunde, Vorzimmerdamen, Ärzte, Orthopädietechniker, Krankenschwestern, wir stehen mit dem Rollstuhl vor Treppen und fragen Fremde: »Können Sie mal helfen?«

Immer wieder rufe ich meine Schwester und meine Cousine an, immer wieder reisen sie an und sind für Max da, wenn wir in der Klinik sind. Doris und Jeanette lernen, Sofie zu versorgen, sie lassen sich den Umgang mit den Hilfsmitteln erklären, üben katheterisieren und arbeiten sich in den Gebrauch des Monitors ein. Ich wüsste nicht, wie wir die erste Zeit ohne die beiden überstanden hätten, doch sie wohnen weit weg, und für den Alltag brauchen wir andere Hilfen.

Deswegen geben wir eine Anzeige auf, als Sofie ein Jahr alt ist: »Suchen liebevolle Krankenschwester, die sich stundenweise um behindertes Kind kümmert.«

Ich habe höchstens mit zwei, drei Zuschriften gerechnet, doch es melden sich dreißig Personen, und für mich ist es wie eine Offenbarung, dass es hilft, Wünsche in die Welt zu tragen, dass Angebote kommen, wenn man sie nachfragt.

Natürlich ist es nicht einfach, sein Kind loszulassen, und natürlich kann man Argumente dagegen finden.

»Also ich kann mir nicht vorstellen, jemand Fremden bei mir zu Hause zu haben«, sagt eine Mutter, deren Kind auch behindert ist. »Man weiß ja nie, wer das ist, und ich bin nicht sicher, ob jemand Fremdes versteht, was mein Kind wirklich braucht.«

Viele unserer Bekannten äußern diese Zweifel. Man weiß erst einmal nicht, wer kommt. Verlässliche Hilfe ist teuer, und man hat in der wenigen nicht fremdbestimmten Zeit noch jemand Fremden im Haus.

Auch wir könnten alleine weitermachen, aber es wird uns nicht guttun. Wir brauchen Entlastung, und Sofie braucht Kontakt zu anderen Menschen. Deswegen öffnen wir unsere Familie.

Ich bringe Sofie ab und zu ein paar Stunden zu einer Krankenschwester, und als in Aachen ein Familienentlastender Dienst eingerichtet wird, kommt regelmäßig eine Studentin zu uns. Sie gefällt uns, denn sie versinkt nicht in Erfurcht vor unserem »schweren Schicksal«, sondern geht erfrischend normal mit uns um. Anfangs traue ich mich nicht, die beiden alleine zu lassen, und ich lege mich mit einem Buch auf mein Bett und höre Sofie und Regina unten laut lachen. Aber irgendwann weiß ich, dass Regina mit Sofies Behinderung so vertraut ist, dass sie Gefahren erkennen und gut damit umgehen kann. Sie kann jetzt Sonden kleben, Geräte einstellen und katheterisieren.

Sie passt sich problemlos in unseren Alltag ein und belebt ihn wohltuend. Sofie wird sie eine Freundin, Max eine Art Kumpel für all die Fernsehsendungen, die wir nicht mit ihm ansehen wollen, und uns eine unschätzbare Hilfe. Ich kann wieder ein paar Stunden arbeiten, ich kann besser alleine mit Max etwas machen, Ludger und ich können abends zusammen ausgehen. Zu Hause amüsiert Regina sich mit Max vor dem Fernseher und horcht auf Sofie.

Auch die Tochter einer Freundin hilft uns. Sofie ist gerne auf Spielplätzen, aber die traditionellen Spielplätze sind unwegsame Orte für gelähmte Kinder. Sofie kann nicht alleine rutschen, schaukeln und klettern, und sie kommt im Sand mit dem Rollstuhl nicht vorwärts. Wenn wir Erwachsenen sie begleiten, reagieren die Kinder zurückhaltend. Deswegen fragen wir Mirjam, und Mirjam geht mit Sofie auf die Spielplätze. Sie rutscht und schaukelt und backt im Sand Kuchen mit ihr, und es dauert nicht lange, bis andere Kinder um die beiden herum sitzen.

Sofie liebt ihre Betreuerinnen, und sie genießt es, dass sie mit ihr spielen und basteln. Ihr bringt diese Hilfe neue Freunde und mehr Einbindung in ihr Lebensumfeld, mir bringt sie Entspannung und Sicherheit. Mich beruhigt es ungemein, dass – falls ich plötzlich ausfalle – neben Ludger auch noch andere Menschen Sofie versorgen können.

Erstaunlicherweise mache ich die Erfahrung, dass viele Leute gern helfen. Einige sind unsicher, andere bieten mir freimütig Hilfe an, mir vollkommen unbekannte Menschen vor irgendwelchen Treppen und Hindernissen.

Eines Tages stehe ich mit Sofie auf dem Arm neben dem Auto. Ich trage noch zwei Tüten aus der Apotheke und kann den Schlüssel nicht finden. Den Reha-Buggy habe ich vergessen, wir sind überstürzt zum Arzt aufgebrochen, und da Sofie nicht stehen kann, kommt Absetzen nicht in Frage. Ich wühle in meiner Handtasche, kann nicht wirklich hineinsehen, schiebe Sofie auf meiner Hüfte hin und her. Eine Frau, die meine Not zu verstehen scheint, spricht mich an: »Haben Sie Probleme? Soll ich Ihr Kind mal halten?«

Ich reiche ihr Sofie. »Das ist nett. Sofie kann nicht stehen, und ich finde den Schlüssel nicht.«

Sie nimmt Sofie auf den Arm, fragt, ob sie gelähmt sei, wir unterhalten uns kurz. Noch nie bin ich mit so vielen fremden Menschen in Kontakt gekommen. Es war mir nicht klar, aber Hilfsbedürftigkeit weckt Hilfsbereitschaft.

Hilfsmittel

Sofies Stuhl besteht aus einem Riesengestell mit einer kleinen Sitzschale, vor die ein Tisch gebaut ist.

»Sehen Sie«, sagt der Techniker, »wenn Sie auf diesen Hebel treten, fährt der Stuhl runter, dann kann Sofie auf einer Höhe mit anderen Kindern spielen.«

Sofie sitzt angeschnallt im Stuhl und hat ihre Hände frei. Wir bauen Türme auf dem Tisch und legen ihr Bücher hin. Abends isst sie zum ersten Mal ganz alleine. Lachend sitzt sie in ihrem Stuhl und steckt Brot in den Mund. Wir sitzen ihr gegenüber, die neue Armfreiheit fühlt sich fremd an. Es war schon so normal, Sofie beim Essen auf dem Schoß zu halten. Ludger zieht den Stuhl in die Küche und fängt an zu spülen. Sofie sitzt neben ihm und blättert ihr Buch um. Ich sehe ihr zu und frage mich, warum wir so lange ohne diesen Stuhl gelebt haben.

Im Winter bekommt Sofie eine Brille, und nach dem zweiten Tag reißt sie sie nicht mehr von der Nase. Wir gehen einkaufen, eine alte Frau stapft vor uns durch den Schnee und blockiert den schmalen Pfad.

»Dürfen wir mal vorbei?«, frage ich.

Die Alte dreht sich um und lacht. »Ich denk immer, ich wär ganz allein auf der Welt. Ach, was haben Sie denn da für ein süßes Kindchen? Und was für eine kleine Brille! Dass es heute schon so kleine Brillen gibt. Hat die Kleine denn so schlechte Augen?«

»Ja. Sofie sieht schlecht ohne Brille.«

»Härm«, seufzt die Alte und lässt uns vorbei. Dann ruft sie munter hinter uns her: »Na, Hauptsache, sonst ist sie gesund.« Ich muss lachen. »Ja, Sofie, Hauptsache, sonst bist du gesund.«

Früher

Als Sofie ein paar Monate alt ist, hören wir von einem Kind mit Spina bifida, das in der Klinik zurückgelassen wird. Seine Eltern können sich nicht vorstellen, mit dem Kind zu leben. Es ist kein Einzelfall, ich weiß, dass das vorkommt, doch diese Geschichte trifft mich besonders, fast ist es, als ob diese Eltern Sofie ablehnten. Ich stelle mir das Kind vor und frage mich, wie seine Zukunft aussieht. Ob es in einem Heim aufwachsen wird?

Früher sind viele Kinder mit Behinderung sofort ins Heim gekommen. Eine körperbehinderte Frau, die ihre Kindheit und Jugend in den fünfziger, sechziger Jahren in einem großen Heim verbrachte, hat mir in knappen Worten erzählt, wie anders es in diesen Heimen damals noch zuging. Es gab keine Mitbestimmung, es gab keine Heimaufsicht, es scherte niemanden, was die »Insassen« dachten und fühlten. Die Frau sprach von der »Anstalt«, von Drill und Erniedrigung, ihr Blick war starr, offensichtlich fühlte sie sich durch ihre Erfahrungen bis heute beschämt.

Eine andere Frau erzählt mir, dass Ärzte sie noch Anfang der achtziger Jahre nach der Geburt ihres behinderten Kindes massiv bedrängt hätten, das Kind ins Heim zu geben: »Das kann man nicht zu Hause schaffen, wollen Sie sich das wirklich antun?«

Auch andere Eltern kennen schlimme Geschichten aus dieser Zeit. Damals kam es wohl öfter vor, dass Ärzte sich geweigert haben, schwerbehinderte Neugeborene medizinisch zu versorgen. Sie haben sie gegen den Willen der Eltern »liegenlassen« und gehofft, dass sie sterben. Ein Vater eines Jungen mit Spina bifida berichtet, dass die Ärzte seinen Sohn nach der Geburt einfach nicht operieren wollten, und dass er damals schon so weit war, ein Taxi zu rufen und sein Kind mit noch unoperiertem offenen Rücken in eine andere Klinik zu bringen.

Als ich das höre, bin ich froh, dass Sofie in eine andere Zeit hineingeboren ist. Wenn ich mir vorstelle, wir hätten darum kämpfen müssen, dass ihr Rücken operativ verschlossen wird, wir hätten sie Ärzten überlassen müssen, die unser Kind offensichtlich lieber tot sehen würden.

> *»Mein Vater blickte mich nie geradeheraus an,
> können Sie sich das vorstellen? Ich kann mich nicht erinnern,
> mein ganzes Leben lang nicht, dass er mir in die Augen sah.
> Sein Blick war immer schräg, tangential, als würde
> er es dann nicht bemerken.«*
>
> Simon Mawer, Mendels Zwerg

Behinderung annehmen?

Wir sitzen im Kreis, und erst herrscht verhaltenes Schweigen. Dann erzählt der Vater eines behinderten Mädchens, dass ein Arzt gesagt hätte, seine Tochter könne laufen lernen, und jetzt sei sie schon fast drei und laufe noch nicht. Er klingt so entrüstet, als sei er betrogen worden, und plötzlich verstehe ich, warum Ärzte manchmal gut daran tun, in ihren Prognosen vage zu bleiben.

Ich fange an zu erzählen, wie traurig wir waren, als wir erfuhren, dass Sofie behindert ist.

»Und heute ist es so normal«, sage ich. »Nur diese Angst vor Komplikationen und der Schmerz, wenn sie von anderen abgewertet wird.«

Die Mutter eines Jungen, der noch schwerer behindert ist als Sofie, sagt: »Ja, das tut weh, aber ich habe den Eindruck, wenn die Leute unsere Kinder kennenlernen, werden sie offener.«

»Das stimmt«, eine andere Frau nickt eifrig. Sie hat zwei Kinder, das jüngere ist ein Spina-Kind. »Mein Leben«, ihre Stimme wird feierlich, »mein Leben hat sich durch unseren Jüngsten total verändert, ja, ich kann sagen«, ihre Augen leuchten in die Runde, »mein Leben hat mit ihm erst richtig begonnen. Er ist ein so besonderer Junge, und erst durch das Leben mit ihm weiß ich, was Leben bedeutet.«

Mir wird beklommen zumute, wenn Eltern behinderter Kinder ständig betonen, wie reich ihr Leben durch die Behinderung ihrer Kinder geworden ist. Ich glaube, dass man durch Grenzerfahrungen an Wesentlichkeit gewinnen kann, und ich erfahre an mir selbst, dass behinderte Kinder eine tiefe Freude wachrufen können, und trotzdem spüre ich, wie unruhig mich dieses chronische Leuchten macht. Ich weiß, dass Eltern behinderter Kinder es nicht leicht haben in unserer Gesellschaft. Wir werden in die Defensive gedrängt, ja. Aber müssen unsere Kinder deswegen so »ganz, ganz besonders« sein?

Eine Physikerin, die ich in einer Klinik kennenlerne, hat einen Sohn mit einer schweren geistigen Behinderung. Er schreit viel, und er hat ein schiefes Gesicht. Als ich ihn anspreche, hebt er den Kopf und scheint mir kurz eine stumme Frage zu stellen. Dann schlägt er seine Hand gegen die Wand und schreit weiter.

Mit tonloser Stimme erzählt seine Mutter mir: »Die Reaktion der Leute ist manchmal schwer auszuhalten. Wenn ich das Erschrecken in ihrem Blick sehe ... Aber am schlimmsten ist es, dass meine Eltern bis heute keine Beziehung zu ihm gefunden haben. Wenn wir bei ihnen sind, halten sie Abstand, und sie sind jedes Mal froh, wenn wir wieder fahren.«

Wunder der Technik

Die Anfahrt ist weit. Doch wenn wir in den kleinen Raum gerufen werden, wo der Techniker uns lächelnd begrüßt und Tee und Kaffee anbietet, fällt der Stress von uns ab. Dann teilen wir uns den Stuhl und die Liege, trinken Wasser und Kaffee und fühlen uns fast wie zu Hause. Wir haben endlich ein Sanitätshaus gefunden, das eng mit der orthopädischen Klinik zusammenarbeitet, und bei dem unsere Ansprechpartner nicht dauernd wechseln. Wir haben endlich das Gefühl, gut versorgt zu sein.

Eine Angestellte bringt die Getränke. Im Flur wuseln Kinder in den exotischsten Hilfsmitteln herum. Es ist normal hier, und niemand schaut komisch. Sofie will in ein schnittiges rotes Auto, das man durch das Drehen der Räder bewegen kann. Ludger setzt sie hinein, und sie rollt stolz durch den Flur.

Ich betrachte die hübschen orthopädischen Schuhe, die ausgestellt sind. Immer wenn ich hier bin, bin ich dankbar dafür, dass Sofie in eine Zeit hineingeboren wurde, in der die Orthopädietechnik den Anspruch hat, behinderten Kindern ein normales Leben in der Gesellschaft zu ermöglichen. In eine Zeit, in der daran gearbeitet wird, dass gelähmte Kinder alleine sitzen, rollen, stehen und gehen können, in eine Zeit, in der Hilfsmittel schlank und modisch sein sollen. Nicht wie früher, wo Schuhe und Orthesen klobig und plump waren, wo Mode keine Rolle spielte, weil Menschen mit Behinderung ohnehin außen vor waren.

Wir verdanken ihnen viel, diesen Technikern, die leichte, wendige Rollstühle bauen und aufwändige Apparate, die unser Kind stützen und halten. Es ist wie ein Wunder, wenn sie tüfteln, messen, bauen und schrauben, die Kinder dann in die Orthesen legen, die Schnallen zuzurren und die Kinder vorsichtig hinstellen.

Ich halte den Atem an, als Sofie zum ersten Mal hingestellt wird, und Sofie, der schwindlig wird, als sie die Welt so unvermittelt aufrecht stehend erlebt, presst die Augen zusammen, rudert mit den Armen in der Luft und verzieht das Gesicht ängstlich.

»Keine Angst«, sagt der Techniker und hält Sofie fest, bis sie ruhiger wird. Ich starre sie an. Wie groß sie ist!

»Du stehst«, sage ich, und plötzlich lacht Sofie und sieht stolz zu mir hin.

Als sie sich ans Stehen gewöhnt hat, zeigt Herr K. Sofie, wie sie in dem Apparat vorwärtskommt, indem sie die Schultern abwechselnd nach vorne bewegt. Anfangs versteht Sofie das nicht, aber irgendwann hat sie das Prinzip begriffen. Sie lacht, wirft die Schultern vor und zurück, schaukelt klackernd zum Stuhl, greift den Keks, der dort auf einer Untertasse liegt und steckt ihn flink in den Mund. Ludger und ich sehen uns an. Niemand sagt etwas. Mit einem leisen Lächeln auf den Lippen lässt der Techniker uns darüber staunen, wie unser Kind stehen und gehen kann.

Familienleben

Wir kreisen, kreisen um Sofie.

Unser Alltag wird um Krankheit und Therapie gebaut, er ist zerbrechlich, und es ist eine Kunst, ihn zu halten. Wir ringen um ruhige Zeiten, es gibt die Abende, doch wir sind müde, und die Zeit ist meist zu kurz für das, was getan, gedacht, gemacht werden will. Für Freizeitaktivitäten bleibt wenig Zeit. Es ist schwierig, regelmäßige Termine wahrzunehmen. Bei den Sportkursen, bei denen ich mich anmelde, erscheine ich ein paarmal, dann bin ich wieder mit Sofie in der Klinik. Schlagartig, immer wieder stürzen wir aus dem Alltag, immer wieder ist die Familie getrennt. Einer von uns bleibt im Krankenhaus bei Sofie, der andere kümmert sich um Arbeit, Haushalt und Max.

Natürlich kommt Max trotzdem zu kurz. Ich rufe aus Kliniken an und habe einen schweigsamen Max an der Strippe. Ich will meine Liebe gerecht verteilen, aber gespürte Liebe ist Aufmerksamkeit, und Aufmerksamkeit bekommt Sofie mehr als Max. Ich habe ein schlechtes Gewissen, und nach Klinikaufenthalten in fernen Städten fahre ich nach Sofies Entlassung manchmal zuerst in die Stadt und kaufe eine Sporthose, ein T-Shirt oder ein Buch für Max. Erst dann setze ich Sofie ins Auto und mache mich auf den Heimweg.

Ludger und ich gehen unterschiedlich mit den Belastungen um. Wir lassen die Angst mehr oder weniger an uns heran, wir reagieren gelassener oder rastloser, wir schlafen besser oder schlechter, wir spüren uns mehr oder weniger in dem Stress. Manchmal stehe ich abends in der Klinik vorm Spiegel, sehe mein Gesicht an wie das einer Fremden und kann nicht einmal sagen, welche

Kleider ich trage. Dann überlege ich, wann ich Ludger an diesem Tag gesehen habe, wie er aussah, ob er etwas von seiner Arbeit erzählt hat, und ich weiß es oft nicht.

Ich höre, dass Eltern behinderter Kinder sich besonders häufig trennen. Ein Kollege weiß eine Erklärung: »Diese Belastungen, man kann sich als Paar ja kaum wahrnehmen ...«

Ich kenne die Trennungsrate bei Eltern behinderter Kinder nicht, und ich bezweifle, dass es dazu gesicherte Daten gibt. Ich weiß, dass Paare sich früher bei der Geburt eines behinderten Kindes noch stärker die Schuldfrage stellten, nach dem Motto: »Aus meiner Familie kommt ›das‹ aber nicht ...«, aber ich glaube, das kommt heute seltener vor. Dagegen erfahre ich an der eigenen Haut, wie schwer es ist, sich beim Funktionieren, Organisieren, Therapieren, durch den Tag hetzen als Paar nicht aus den Augen zu verlieren. Und ich kenne die Gefahr, nur das Kind zu sehen, das Kind und wieder das Kind.

Natürlich sind das schwierige Umstände für die Erhaltung einer lebendigen Paarbeziehung. Aber ich erlebe auch, wie sehr es verbindet, sich gemeinsam um die Gesundheit eines kranken Kindes zu sorgen, wie es verbindet, sich an seiner Lebenslust zu freuen und dafür zu kämpfen, dass es einen guten Platz in der Welt findet. Anderen Eltern scheint es ähnlich zu gehen, denn in meinem Umkreis sind mir keine besonders hohen Trennungsraten bei Eltern behinderter und schwerkranker Kinder aufgefallen. Eher im Gegenteil.

Die Summe des Glücks

Im Philosophiekurs findet ein Diskurs über wertes und unwertes Leben statt. Zuerst herrscht Ratlosigkeit, denn die Frau, die das Thema vorgeschlagen hat und ein Referat halten wollte, ist nicht gekommen. Ich will über dieses Thema keine Diskurse führen und sehe über die Köpfe hinweg in den blassblauen Himmel.

Eine ältere Dame schimpft auf die moderne Medizin, die die ganzen schwerbehinderten Babys am Leben erhalte, die früher nie überlebt hätten. Ich presse die Lippen zusammen, ich will mich nicht aufregen. Als eine andere Teilnehmerin darauf hinweist, dass Eltern behinderter Kinder die Sorge für die behinderten Kinder ja nicht nur sich selbst, sondern auch der Gesellschaft zumuten, raste ich aus und frage die beiden, ob sie sich übermorgen oder in acht Jahren, wenn sie krank oder dement wären, auch noch der Gesellschaft zumuten könnten.

»Sie müssen das nicht so persönlich nehmen«, weist mich die ältere Dame gekränkt zurecht.

»Sie auch nicht«, sage ich.

»Dass die nicht verstehen, dass sie sich selbst demontieren«, sagt Ludger später. »Dass es auf sie zurückfällt, wenn sie anfangen, Menschen das Lebensrecht abzusprechen.«

Ich liege auf der Couch und lese in der *Praktischen Ethik* von Peter Singer: »Sofern der Tod eines behinderten Säuglings zur Geburt eines anderen Säuglings mit besseren Aussichten auf ein glückliches Leben führt, dann ist die Gesamtsumme des Glücks größer, wenn der behinderte Säugling getötet wird.«

Ich klappe das Buch zu.

Die Gesamtsumme des Glücks.

»Die Würde des Menschen ist unantastbar.«
Art. 1, Abs. 1 Grundgesetz

Großreinemachen

Die Würde des Menschen ist unantastbar, und sobald wir sie an Bedingungen knüpfen, schneiden wir uns ins eigene Fleisch. Denn wenn wir Menschen mit geistigen Behinderungen die Würde absprechen, können wir sie dann nicht auch gleich den Dummen aberkennen?

Ab welchem IQ sollten wir sie zugestehen?

Ab 70, 90 oder doch besser erst ab 110?

Wenn wir rollenden Menschen die Würde absprechen, wäre es da nicht konsequent, sie den Hinkenden auch zu entziehen?

Und warum den Hinkenden, wenn man sie dagegen Menschen lässt, die aufreizend langsam über den Bürgersteig schleichen?

Wenn wir dementen Menschen die Würde absprechen, sollten wir sie nicht auch jenen aberkennen, die umständlich und vergesslich sind? Und wenn wir blinden Menschen die Würde absprechen, wie sieht es da aus mit Brillenträgern?

Überhaupt, wenn wir hilfsbedürftigen Menschen die Würde absprechen, wollen wir es da wirklich noch durchgehen lassen, wenn jemand lange Zeit krank ist?

Leben ist zerbrechlich, und Krankheit und Behinderung sind Schicksalsschläge, die uns allen drohen. Überall und jederzeit.

Deshalb tun wir gut daran, diesen Satz zu achten.

Die Würde des Menschen ist unantastbar. Punkt.

Denn jedes Komma hinter diesem Satz, jegliche Einschränkung oder Relativierung kann blitzschnell auf uns zurückschlagen.

>»Ich liebe das Leben zu sehr, um nur glücklich sein zu wollen.«
Pascal Bruckner

Und Glück, was ist Glück?

Ist Sofie etwa kein glückliches Kind?

Und ich, war ich glücklicher vor jenem Tag, als das Schicksal mit all diesen Unwörtern über uns hereinbrach?

Unabänderlichkeit, Unausweichlichkeit, Unabwendbarkeit?

Ich war froh, traurig, genervt, gelassen, wütend, kaputt, entspannt, neugierig, mutlos. Ich arbeitete, faulenzte, saß und rannte, lachte und weinte, freute mich am Oktoberlicht oder trottete stumpf durch den Tag. Ich war in meinem Leben, wie man halt in seinem Leben ist, und bis dahin durfte ich das unhinterfragt. Anscheinend erfüllte ich unausgesprochene Voraussetzungen, denn die Frage nach dem Glück wurde mir niemals gestellt. Bis klar war, dass ich ein behindertes Kind bekommen würde. Da schien es plötzlich eine Glückspflicht zu geben, und es schien weitgehend Konsens zu sein, dass Behinderung und Glück unvereinbar sind.

Im Alltag mit Sofie bin ich oft besorgt, ängstlich, neugierig, gerührt, glücklich, geschafft. Manchmal hetze ich durch den Tag und versorge sie hastig, und manchmal stellen wir uns morgens ans Fenster und sehen uns die Welt an.

Mal zerreiße ich mich zwischen Klinik, Max, Haushalt. Dann wieder habe ich das Gefühl, vor Glück zu platzen, wenn wir wieder sicher im Alltag sind.

Als ich so darüber nachdenke, ob ich früher glücklicher war und ob das für mich eine wichtige Frage ist, merke ich, was sich verändert hat.

Mein Leben ist wesentlich geworden, es hat mehr Gewicht, und ich habe die Sicherheit gewonnen, dass dies, genau dies, mein Leben ist. Auch wenn ich noch diese und jene Abzweigung sehe, Leben, die bereitliegen und jederzeit begonnen werden könnten, verschwende ich keine Gedanken mehr an sie – weil ich genau weiß, dies ist mein Leben.

Zwangsverbindung

Bei uns sind kleine Kinder zu Besuch. Sofie freut sich. Sie ist fast zwei Jahre alt und an Kindern sehr interessiert. Ich habe sie in ihren Orthesen an den Spieltisch gestellt, doch die Kinder bleiben nur kurz bei ihr stehen, dann rennen sie durchs Wohnzimmer und schieben Autos über den Boden. Ich lege Sofie auf die Couch, schnalle sie los und setze sie auf den Teppich. Die Kinder haben den Softball gefunden und pfeffern ihn durch die Wohnung. Sie toben johlend herum und steigen über Sofie, die vergebens versucht, hinterher zu robben.

Auf der großen Wiese um die Ecke springen die Kinder aus dem Viertel herum. Sie verstecken sich, spielen Ball, verfolgen eine Katze, rennen herum. Sofie will immer zu ihnen. Ich stehe mit ihr am Rand der Wiese, ich will den Kindern nicht nachlaufen. Sofie zeigt auf die Kinder, will auf den Boden. »Bald«, sage ich, »bald bekommst du den Rollstuhl, dann kannst du besser mit den anderen spielen.«

Im Wartezimmer. Zwei Mädchen spielen an der kleinen Rutsche. Sofie hebt die Hand, sie will zu den Kindern. Ich trage sie hin und halte sie fest. Die beiden Mädchen werfen sich einen kurzen Blick zu, stehen auf und gehen zum Maltisch. Sofies Finger folgt ihnen. »Da, Mama!«

Ich setze mich mit ihr an den Maltisch, da gehen die Mädchen in die Bauecke.

Sofie gibt nicht auf: »Da, Mama!«

Ich seufze. Wenn sie nur einen Rollstuhl hätte. Dann könnte sie allein zu den Kindern, allein zum Maltisch. Ich weiß, dass ich die Kinder störe, es ist anders, wenn da eine Erwachsene sitzt.

»Da, Mama!«

Ich schüttele den Kopf. Sofies Finger fuchtelt in der Luft.

Der Rollstuhl

Der große Tag. Wir sind im Sanitätshaus, und ein kleiner grüner Rollstuhl steht da. Sofie sagt: »Da«, wir setzen sie rein, und sie fährt sofort los.

»Sie kann es«, rufe ich. Ludger lacht.

Sofie hat schon gedreht und fährt strahlend auf uns zu. Ich bücke mich und breite die Arme aus.

»Das machst du toll, Maus, richtig toll.«

Der Techniker, dem meine Freudentränen nicht entgangen sind, lächelt und stellt etwas am Rollstuhl nach. Sofie fährt durch den Flur, das Wartezimmer, sie will nicht mehr raus aus dem Rolli.

Die Beweglichkeit gefällt ihr zu gut, und auf der Rückfahrt nach Hause zeigt sie im Auto nach hinten und fragt besorgt: »Da?«

Wir lachen. »Ja, der Rollstuhl ist hinten im Kofferraum.«

Wir halten an einer Raststätte und wollen Sofie reintragen, doch sie wehrt sich und zeigt auf den Rollstuhl. »Da!«

Eigentlich hat sie recht, sie braucht uns zum Gehen nicht mehr. Die Raststätte ist ziemlich leer, nur ein Paar und zwei Familien sitzen an den runden Tischen. Sofie fährt zu dem jungen Paar, ihre Haare leuchten hell über dem roten Pullover. Strahlend dreht sie sich und sagt: »Da.«

»Das machst du aber toll«, sagte die junge Frau lächelnd.

»Ja«, sagt Sofie und fährt zum nächsten Tisch.

Wir sehen uns an. Sollen wir sie lassen? Stört sie auch nicht? Es ist so ungewohnt, dass sie alleine zu Leuten hinkann.

In der Kinderecke bestaunen zwei kleine Jungs den Rolli. Einer befühlt die Bremsen und schiebt Sofie vorsichtig an.

»Nein«, ruft sie und flitzt flink davon. Wie schnell sie ist, ich habe schon wieder Tränen in den Augen.

Abends quetscht Max sich in den Rollstuhl und fährt damit in der Wohnung herum. Sofie lacht, aber dann will sie wieder in den Rolli zurück. Am nächsten Tag wird sie zwei Jahre alt, und als die Gäste kommen, sitzt sie stolz im Rollstuhl. Sie gibt viermal Schwung und schon ist sie in der Diele, rückwärts, drehen und wieder Schwung. Blitzschnell kommt sie überall hin.

»Alleine«

Für Sofie hat ein neues Leben begonnen. Sie ist von einem Tag auf den andern mobil geworden, und sie hat das passende Wort gelernt.

»Alleine«, sagt sie, sie will alles alleine machen.

Sie will alleine auf der Straße fahren, alleine ins Wartezimmer, alleine zu Katzen, Hunden und Kindern. Der Weg zum Spielplatz zieht sich jetzt ewig, und zur Krankengymnastik brauchen wir mehr als doppelt so lange. »Da«, sagt sie am Spielzeugladen, greift in die Räder und bremst. Jede Puppe besieht sie sich, an keinem Brunnen, keiner Statue, keinem Plakat kommt sie vorbei.

Plötzlich bestimmt sie ihre Wege selbst, und wenn ich sie schieben will, schüttelt sie den Kopf. »Alleine!«

Sie probiert viel aus in dieser ersten Zeit, sie sucht Kontakt, fährt auf Leute zu. Viele wenden sich ihr freundlich zu, andere glotzen nur, doch Sofie bleibt unbefangen und rollt lachend weiter.

In der Bank begegnet uns eine alte Frau im Rollstuhl. Sofie fährt zu ihr, lacht sie an und befühlt die riesigen Reifen.

»Dass es jetzt schon so kleine Rollstühle gibt«, sagt die Frau. »Und wie hübsch der ist mit diesen lustigen Bildern drauf. Wissen Sie, ich hatte vor zehn Jahren den Unfall und seither sitze ich im Rollstuhl. Als mein Mann damals zum ersten Mal mit mir rausging, habe ich mich geschämt. Ich weiß nicht, warum, aber ich hab mich geschämt.«

Ich nicke, Sofie rollt zum Schaukelpferd.

»Wenn das mein Kind wäre«

Als Sofie noch im Buggy saß, haben uns alte Menschen manchmal gefragt, warum wir das Kind denn nicht laufen ließen. Sie klangen wütend, und ich habe in ihre verkniffenen Gesichter gesehen und mich gefragt, woher ihre Wut kommt.

Jetzt, wo Sofie im Rollstuhl sitzt, stellt man uns andere Fragen. Ein Mann, Anfang dreißig, in Jeans und Wildlederstiefeln, spricht mich vor einer Boutique an.
»Entschuldigung, darf ich Sie mal was fragen?«
Er zeigt auf Sofie, die interessiert den Glitzerschmuck im Fenster betrachtet. »Ist das schon von Geburt an?« In seinem Ton schwingt Entsetzen mit.
»Was das?«, frage ich und sehe den Mann durchdringend an.
»Na, dass die im Rollstuhl sitzt.«
»Sofie ist von Geburt an querschnittsgelähmt«, sage ich und wende mich ab.
»Wenn das mein Kind wäre«, sagt der Mann, »wenn das mein Kind wäre, würde ich mich umbringen.«
Ich fahre herum, der Typ starrt Sofie an und sagt noch einmal: »Würd ich mich wirklich umbringen.«
Kalt sage ich: »Das wäre dann auch das Beste für das Kind.«
Dann greife ich nach dem Rolli, meine Knie zittern, schnell weg hier, bevor ich zusammenbreche. Rasch schiebe ich den Rollstuhl zum Auto. Wenn Sofie das mitgekriegt hätte. Ich fühle mich fürchterlich hilflos.

»Ist das von Geburt an?«

Ist das von Geburt an?
Dieses »das« ist verräterisch. Ich frage mich, warum die Leute das Wort »Behinderung« nicht über die Lippen kriegen, warum sie das Wort »gelähmt« nicht aussprechen können. Als ob die Neutralisierung sie schütze. Aber wovor?

Ist das von Geburt an?
Die Frage wird oft gestellt. Die Leute fragen es mit Abwehr in der Stimme, als sei das Angeborene ein Makel, eine Art persönliche Schuld. An guten Tagen sehe ich den Leuten in die Augen und sage: »Ja, Sofies Behinderung ist angeboren. Macht das einen Unterschied?«
»Nein. Ich meine, vielleicht …« Sie verstummen unter meinem Blick. An schlechten Tagen nicke ich nur.

In der Fußgängerzone kommt mir ein alter Bekannter entgegen. »Ist das dein Kind?«
Als ich nicke, schafft er es kaum, den Mund zu schließen. Ich weiß, er gehört zu denen, die denken, dass es für diese Kinder doch Heime gibt. Wir wechseln ein paar verlegene Worte und gehen schnell auseinander.

Danach bin ich traurig. Es sind diese unausgesprochenen Dinge, gegen die man sich so schlecht wehren kann. Ich bin in meinem Tag gestört, immer wieder sehe ich diesen entsetzten Blick vor mir, diesen offenen Mund, und abends, als ich Sofie schon hingelegt habe, packt es mich plötzlich. Ich hebe sie wieder aus dem Bett, setze sie in den Buggy, wickele eine Decke um sie, und dann ziehen wir los. Es ist ein schöner Spätsommerabend. Der

Himmel ist hoch und in der Ferne leuchtet ein goldenes Fenster zwischen den fedrigen Wolken. Dort ist noch Sonne.

»Komm, Sofie.«

Der Weg läuft geradewegs aufs Helle zu.

Auch das gut gemeinte Mitleid kommt oft grausam daher.

»Ach, das ist ja auch schrecklich so ein Leben. Das arme Kind. Und für Sie als Eltern ein so schweres Leben!«

So werde ich auf dem hiesigen Oktoberfest von einer älteren Frau angesprochen, deren Knopfaugen sich an Sofie festgehakt haben. Es riecht nach Bratwurst, eine Band singt »Love is in the air« und ich stehe da in der Menge und suche nach Worten.

Mir fällt nicht ein, wie ich ansetzen kann, wie soll ich dieser Frau in ein paar Worten klarmachen, dass Sofie ihr Leben liebt, und dass unser Leben mit ihr schwer, aber gut ist.

Während ich noch nach Worten suche, gibt die Frau Sofie einen Lutscher, nickt vielsagend und murmelt:

»Ja, ja, ganz schlimm.«

Beim Gehen winkt sie Sofie. Ich starre ihr hinterher und ärgere mich.

Noch tief in der Nacht treibt mich das wissende Lächeln dieser Frau um, es quält mich, aber plötzlich erkenne ich: Mitgefühl ist der Versuch, sich in jemand anderen hineinzuversetzen, Mitgefühl ist offen für die Erfahrungen des Anderen. Aber das Mitleid dieser Frau ist übergestülptes Entsetzen, das das Urteil über Sofies Leben längst gefällt und besiegelt hat. Armes Kind. Armes, armes Kind. Mitgefühl ist auf einer Ebene, dieses Mitleid dagegen von oben nach unten.

Kurz darauf sitze ich mit einer Freundin in Aachen im Straßencafé. Wir essen Eis, und Sofie rollt zwischen den Tischen herum. Irgendwann kommt sie strahlend mit einem Zweimarkstück zurück. Meine Freundin ist empört: »Wer hat dir das gegeben, das bringen wir sofort zurück!«

Doch Sofie kann dieser Art Diskriminierung durchaus was abgewinnen. Sie klammert ihre Hand um das Geldstück, funkelt meine Freundin an und schreit: »Meins!«

*»Bücher lesen heißt, wandern gehen in ferne Welten,
aus den Stuben über die Sterne.«*

JEAN PAUL

Oasen

Mir fehlt meine Arbeit, und als der Alltag mit Sofie sich eingespielt hat und Regina voll einsatzfähig ist, wagen wir es. Regina, Ludger und ich arbeiten kunstvolle Wochenpläne aus, und ich fange an, wieder Teilzeit zu arbeiten. Das Lebenstempo verschärft sich, doch es funktioniert. Es funktioniert, solange Sofie nicht ins Krankenhaus muss. Max ist in seiner Ganztagsschule, und an Sofie geht die Hektik vorbei.

Für sie ist immer jemand da. Sie vertieft sich in ihre Bilderbücher, spielt mit ihren Puppen und lauscht andächtig ihren Cassetten. Manchmal streiten wir abends darüber, wer sie zu Bett bringen darf. Denn es ist wie eine Insel im Stress, wenn Sofie im Schlafanzug vor ihrem Regal sitzt und mit glänzenden Augen ein Buch aussucht.

Es ist schön, ihr vorzulesen. Wie ernst sie die anderen Welten nimmt, und wie sehr sie sich freut, dass alles gut ausgeht. Sonst ist Sofie ein genügsames Kind, aber nach einer zweiten Geschichte fragt sie fast immer. Und weil wir ihr gerne vorlesen, erfüllen wir ihr meist ihren Wunsch.

Einmal, in Frankreich im Urlaub, liest Ludger ihr ein Buch für ältere Kinder vor. »Eigentlich war diese Geschichte noch nichts für dich«, sagt er, als er das Buch zuklappt, und Sofie, die rote Wangen vom Zuhören hat, schaltet sofort. »Diese Geschichte war ja noch nix für mich. Dann musst du mir eine andere vorlesen.«

Auch Samstage sind Oasen im Kampf mit der Zeit. Das Frühstück ist so gemütlich, dass sogar Sofie freiwillig isst. Dann gibt es zu tun, aber immer wieder kann man sich freischaufeln. Max guckt Fußball, und Sofie liest und wirft ab und zu einen Blick auf den Bildschirm. Ludger kocht und hört Kabarett, und ich liege in der Wanne und lese Seite um Seite.

Sonntags ist Maus-Zeit. Sofie steht vor dem Fernseher, wir sitzen um sie herum. Ein Junge hat der Maus eine Handvoll Erde geschickt und gefragt, wie viele Lebewesen darin sind. Christoph starrt auf die Erde und kratzt sich am Kopf.

Wie viele Lebewesen? Christoph bringt die Erde zu Dr. Laukötter. Der untersucht sie in seinem Labor. Es kriecht, krabbelt und zappelt unter dem Mikroskop.

Der Forscher sortiert, zählt und rechnet. Regenwürmer, Tausendfüßler, Springschwänze, Milben, Glockentierchen, Wimperntierchen, Pilze, er rechnet und rechnet und kommt auf 1.052.814.880 Lebewesen in dieser Handvoll Erde.

»Stell dir das vor«, sagt Ludger.

Sofie starrt auf die zappelnden Viecher.

»Erlaubt ist, was gelingt.«
Max Frisch

»… dass das Neue immer recht hat, weil es weiter ist in der Zeit.«
Jean Améry

Präimplantationsdiagnostik

Ich sehe mir die Bundestagsdebatte zur Präimplantationsdiagnostik an. Sofie robbt auf dem Boden, ihre Innenschuhe schrabben über das Holz. Manchmal stemmt sie sich hoch, hebt den Kopf und wirft einen Blick auf den Bildschirm, auf dem Politiker umständliche Sätze formulieren. Sofie findet sie uninteressant, lässt sich wieder auf den Boden sinken und zieht ihre Puppe aus. Ein Abgeordneter wirbt für die vorgeburtliche genetische Selektion und bemüht mit bedeutungsschwerer Stimme »das Leid der betroffenen Eltern«.

Ich schnaube. Das Leid der betroffenen Eltern.

Mein größtes Leid ist, meiner Tochter irgendwann erklären zu müssen, warum Menschen mit ihrer Behinderung in unserer Gesellschaft systematisch aussortiert werden.

»Mama«, ruft Sofie. Ich sehe zu ihr und fühle mich unwohl.

Sie ist gerade zwei Jahre alt, sie kann noch nichts von der Debatte verstehen. Trotzdem ertrage ich es nicht, sie spielen zu sehen, während über ihrem Kopf über die Aussortierung behinderter Embryos diskutiert wird.

»Soll ich Musik anmachen?«, frage ich.

Sofie nickt, und ich stelle ihr den Recorder hin.

»Wir haben nichts gegen Menschen mit Behinderungen«, beteuert eine Politikerin. Ich höre ihre Worte, aber ich verstehe nicht, warum sie aussortieren will, gegen wen sie nichts hat.

Ich habe gelesen, dass in den USA zunehmend Eltern im Namen ihrer behinderten Kinder darauf klagen, dass diese nie hätten zur Welt kommen dürfen. *Wrongful life*-Klagen nennen sie das. Der Autor sagt, diese vorgeburtlichen Selektionsverfahren machten aus Eltern Verbraucher. Verbraucher, die gemeinsam mit Gentechnikern die Ware Kind optimieren. Ich stelle mir Paare in einem Labor voller Glasröhrchen vor. Glasröhrchen mit Substanzen: Substanz eins, Substanz zwei, Substanz drei.

Eher zufällig lande ich bei einer Kulturveranstaltung in einem Vortrag über Präimplantationsdiagnostik. Der Saal ist voll, und der Humangenetiker spricht knapp, klar und einleuchtend.

»Wie viele Embryos verbraucht man für eine Implantation?«, fragt jemand.

»Derzeit sieben bis neun«, sagt der Professor.

»Können Eltern«, frage ich, »können Eltern eine Substanz in einem Glas als ihr Kind ansehen? Erleichtert diese Trennung von Mutterleib und Embryo das Selektieren nicht ungemein?«

Die Entfremdung, wehrt sich der Arzt, sei doch schon durch die Pränataldiagnostik gegeben. Viele Frauen bänden sich erst nach den pränatalen Untersuchungen wirklich ans Kind. Er lehne diese Entwicklung ab, aber hier läge doch gerade der Vorteil der Präimplantationsdiagnostik: Es werde vor dem Einsetzen in die Gebärmutter selektiert und nur unter genau eingegrenzten Rahmenbedingungen.

Genau eingegrenzte Rahmenbedingungen. Glaubt er daran? Hat man das vor fünfundzwanzig Jahren bei der Einführung der Pränataldiagnostik nicht auch gesagt?

Sollten Mediziner nicht mittlerweile verstanden haben, dass ihre Techniken auch die Nachfrage schaffen?

»Es bleibt doch die freie Entscheidung der Eltern«, sagt der Humangenetiker und sieht mich durchdringend an.

Die freie Entscheidung.

Ich schließe die Augen.

> »Die neue Eugenik stützt sich auf das Selbstbestimmungsrecht
> des Einzelnen und reklamiert für sich therapeutische Absichten
> im Interesse der Individuen.«
>
> OTTO SPECK

> »Wir haben die Zukunft der Menschheit in der Hand, und wie es aussieht,
> wird diese Zukunft nach den gleichen Kriterien ausgesucht werden,
> nach denen wir uns heute Silikon-Brustimplantate, Fettabsaugung und
> Haarverpflanzungen aussuchen. Es wird die Eugenik
> der Verbraucherwünsche sein, die Eugenik der Marktgesetze.
> Und alles unter dem Deckmantel der Freiheit.«
>
> SIMON MAWER, MENDELS ZWERG

Die freie Entscheidung?

Wenn der normale Gang der Dinge das systematische Durchlaufen der pränatalen Untersuchungen ist, die mit immer ausgefeilteren Methoden nach immer feineren Fehlbildungen fahnden?

Wenn der Diagnostiker vom behinderten Embryo spricht, als sei er ein Objekt mit Defekt?

Wenn die Geburt eines behinderten Kindes wie eine Schuld gegen die Gesellschaft behandelt wird?

Wenn französische Versicherungen den Beitrag für Eltern behinderter Kinder erhöhen wollen?

Wenn Gynäkologen Frauen Verantwortungslosigkeit vorwerfen, weil diese vorgeburtliche Diagnostik ablehnen?

Wenn Staat und Gesellschaft deutlich machen, dass kranke und behinderte Menschen mehr und mehr als Kostenfaktor angesehen werden?

Natürlich: Handeln bedeutet, etwas auch anders tun zu können, aber Entscheidungen werden nicht im luftleeren Raum gefällt.

Normalität ist verfestigte Macht, und die lautlosen Abläufe verschleiern, dass wir uns hätten entscheiden können.

Eine reflektierte Wahl setzt Aufgeklärtheit über die sozialen Zusammenhänge voraus, in denen Handeln stattfindet. Deswegen finde ich es ignorant, in einem Gesellschaftssystem, das immer selbstverständlicher darauf ausgerichtet ist, behinderte Kinder im Rahmen der »normalen Schwangerschaftsvorsorge« auszusortieren, pauschal von freier Entscheidung zu sprechen.

Absturz

Die Stille ist bedrohlich. Ich laufe zu Sofies Bett, sie rasselt, ihre Lippen sind blau. Ich schreie nach Ludger, reiße Sofie hoch, öffne das Fenster, wir springen in unsere Kleider, der Rettungswagen rast in die Klinik, in der Notaufnahme geht alles blitzschnell.

Ärzte kommen angerannt, beugen sich über die Liege, schieben Sofie fort. »Wir intubieren. Sie müssen draußen bleiben!«

Die Tür schlägt zu. Erst da kommt der Schock.

Mit zittrigen Knien setze ich mich. An der Wand hängt eine dieser groben Uhren, auf der die Minuten in Strichen gemalt sind.

Ich starre auf die Uhr, der Zeiger bewegt sich nicht.

Ewigkeiten später dürfen wir hoch auf die Intensivstation.

Da liegt sie, sechs Infusionen, zentraler Venenkatheter, ein Schlauch in die Lunge. Sofie im künstlichen Koma. Ihr magerer Brustkorb hebt und senkt sich im Takt der Maschine.

Tschsch. Tschsch.

Ich strecke die Hand aus. Wo ist der Klappstuhl?

Ich weiß nicht, wie ich durch die nächsten Tage komme.

Sofie liegt reglos, die Maschine pumpt Luft in sie.

Kernspintomographie. Erst als Sofie in der Röhre liegt, fangen die Ärzte an zu diskutieren, was aufgenommen werden soll, der Rücken, der Kopf oder beides? Der Neuroradiologe weiß nicht Bescheid, die Unterlagen geben nicht ausreichend Auskunft.

Genervt wende ich mich ab und decke Sofie zu. Manchmal ist diese Klinik wie ein riesiges Einkaufszentrum. Man wird in die verschiedenen Abteilungen geschickt, doch niemand hat einen Einkaufszettel geschrieben.

Schließlich ist die Entscheidung gefallen. Es wird alles geschichtet, Rücken und Kopf. Das Getöse ist ohrenbetäubend, doch Sofie rührt sich nicht.

Als der Kinderarzt uns abholt, flüstert der Neuroradiologe ihm etwas ins Ohr. Ich komme mir komisch vor und frage: »Was ist los? Was haben Sie gesehen?«

»Kommen Sie«, der Arzt berührt mich am Arm und schiebt das Bett aus dem Raum.

»Was hat der Neuroradiologe gesagt?«, frage ich in seinen Rücken, doch er schüttelt den Kopf und dreht sich nicht um.

Plötzlich wird mir schlecht, und ich laufe zur Toilette und suche im Spiegel Halt. Ich starre mein blasses Gesicht an, und als die Tür aufgeht, flüchte ich ins Klo und lehne mich an die Wand.

Kleider rascheln, jemand setzt sich schnaufend, eine alte Frau, die sich laut mit sich selbst berät, während sie Wasser lässt. Sie hat ein schlechtes Untersuchungsergebnis erhalten, und die Verlorenheit ihres Murmelns bringt mich in die Welt zurück.

Ich gehe zum Becken, spritze mir kaltes Wasser ins Gesicht und laufe zur Intensivstation. Als ich ankomme, beraten drei Ärzte sich mit ernsten Gesichtern an Sofies Bett. Plötzlich bin ich zornig. Warum können sie nicht draußen miteinander reden?

Vielleicht bekommt Sofie ja doch etwas mit?

Gelber Klappstuhl, regloses Kind. Ich summe, stimme mich ein auf den Rhythmus der Beatmungsmaschine. Da hebt Sofie den Arm und öffnet die Augen. Es ist kein schönes Erwachen mit dem Schlauch durch die Nase. Sie regt sich auf, will ziehen, ich halte sie fest. »Pscht, Maus. Der Schlauch muss bleiben, den brauchst du zum Atmen.«

Sie weint lautlos. Ich streichele sie. »Ich freu mich so, dass du wach bist. Wenn es dir besser geht, kommt der Schlauch wieder weg. Guck mal, Maus.« Ich halte ihr eine Puppe hin.

Sofie wird ruhig, ihre Augen freuen sich. Ich erkläre ihr, was los war. Später kommt Ludger. »Wie geht es dir, Sofie? Schlecht?«

Sofie schüttelt den Kopf. »Gut?«, fragt er ungläubig. Sofie nickt und zeigt ihm die Puppe.

Ich höre die Welle

Man sagt uns, dass Druckgefahr im Bereich des Hirnstamms besteht. Man sagt, dass es wegen einer ausgedehnten Syringomyelie zu Lähmungen an Händen und Armen kommen könne. Die Ärzte wollen eine Entlastungsoperation machen.

Seit Sofies Geburt habe ich Angst davor.

Nachts stolpere ich aus der Klinik. Der Parkplatz ist dunkel und menschenleer. Abgeschlafft sitze ich hinter dem Steuer. Ich fahre die Schnellstraße entlang, die Nacht ist schwarz, und es regnet. Flackernde Lichter schrecken mich auf. Zusammenreißen, ich muss mich zusammenreißen.

Zu Hause falle ich ins Bett, träume von Wellen, die alles überfluten. Ich stehe am Fenster und halte Sofie im Arm. Ich habe ihr angezogen, was ich gefunden habe, Schwimmflügel, Schwimmreifen, Nackenkissen, doch die Welle ist riesig, ich habe keine Chance. Ich muss gucken, wo Licht ist; wo Licht ist, ist oben.

Ich halte Sofie an mich gepresst.

Ich höre die Welle kommen.

Kämpfe

Früh fahre ich zur Klinik. Sofie schläft noch, und ich rücke den Stuhl ans Fenster und sehe den Morgen anbrechen.

Rosa Wolken, fedrige Streifen, im Osten ineinander gedrängt.

Ich will zu Hause sein und mit Sofie auf dem Sofa liegen. Was gäbe ich dafür, mal eine Tasse Kaffee hier am Bett trinken zu dürfen, doch es geht nicht, keine Chance, sich den Tag hier heimisch zu machen.

Sofie schlägt die Augen auf.

»Guten Morgen«, sage ich.

Sie nickt mit den Augen.

Erst nach drei Wochen klappt die Extubation. Sofie braucht Sauerstoff, Physiotherapie und Inhalation, aber sie schafft es, sie atmet wieder selbst. »Mama«, krächzt sie, ihre Stimme ist heiser. »Mama, ich will ein Eibrot.«

Eine Elster sitzt auf der roten Feuerleiter und sieht mich aus dunklen Knopfaugen an. Sofie schläft, ihre Arme sind dünn geworden, ich habe Angst, dass diese Geschichte sie sehr weit zurückwerfen wird. Dass ausgerechnet Sofie so viele Probleme hat. Die anderen Spina-Kinder, die wir kennen, sind nicht so schwerkrank. Anscheinend hat die Elster genug gesehen. Sie steckt den Kopf in die Federn, plustert sich und lässt sich kopfüber in die Tiefe fallen. Ich trete ans Fenster und stelle mich auf die Zehen. Ich will sehen, wie die Elster die Flügel ausbreitet und anfängt zu fliegen. Doch sie ist verschwunden und die Ebene hinter der Klinik bleibt leer.

Es ist kurz vor Weihnachten. Sofie ist auf die Kleinkinderstation verlegt worden. Wir sind seit vier Wochen im Krankenhaus, und Max lebt im Chaos. Doris ist gekommen. Am Tag nach Weihnachten soll Sofie operiert werden.

»Wir wollen Weihnachten nach Hause«, sagen wir dem Stationsarzt. »Wir nehmen ein Atemüberwachungsgerät mit.«

Auf keinen Fall. Er will uns nicht gehen lassen, das könne er nicht verantworten, diese Druckgefahr, und wenn etwas passieren würde, und wenn und ob …

Der Neurochirug sieht das Ganze gelassener. Wir unterschreiben, dass wir Sofie auf eigene Verantwortung mitnehmen, holen ein Atemüberwachungsgerät ab, fahren nach Hause, setzen uns unter den Tannenbaum und ruhen uns aus.

Zeitbombe

OP-Raum vierzehn. Die junge Anästhesistin sagt: »Ich rufe bald auf der Station an«, und schiebt Sofie fort.

Wieder fünf lange Stunden. Um zwei Uhr dürfen wir endlich zu Sofie. Als wir sie sehen, atmen wir auf. Sie schläft, aber sie ist extubiert. Neben ihr sitzt ihre Puppe, die genau wie Sofie Pflaster im Nacken und einen Zugang am Arm hat.

Die Anästhesistin. Ich bin tief gerührt.

Silvester verbringen wir im Krankenhaus. Um Mitternacht stehen wir an einem Aussichtsfenster und sehen uns das Feuerwerk an. Ein dürrer Mann in einem blaurot gestreiften Schlafanzug schlurft durch den Flur und schiebt seinen Infusionsständer vor sich her. Den kahlen Kopf in den Nacken gelegt, stellt er sich neben uns und starrt schwer atmend auf die glitzernden Funken.

Als die letzten Raketen im Himmel zerspringen, murmelt er: »Haben wir's mal wieder geschafft. Ein frohes neues Jahrtausend wünsche ich Ihnen.« Er nickt uns zu, greift nach seinem Infusionsständer und verschwindet in der Onkologie.

Endlich dürfen wir gehen. In einem halben Jahr soll die nächste Kernspintomographie sein, dann könne man den OP-Erfolg prüfen. »Ein halbes Jahr?«, frage ich.

Sechs Monate mit dieser Unsicherheit?

»Ja«, sagt der Neurochirurg. Falls wir Atemprobleme oder eine abnehmende Beweglichkeit der Hände und Arme bemerkten, sollten wir vorher kommen.

»Aber ist es dann nicht zu spät?«, frage ich.

Sofie behält das Atemüberwachungsgerät. Abends kleben wir Sonden an ihren Körper. Anfangs schleichen wir ständig nach oben und starren auf die leuchtenden Sättigungswerte. Dann gewöhnen wir uns an das Gerät.

Sechs Monate Unsicherheit.

Sofie malt, und ich starre auf ihre Hände. Hat sie die linke Hand schon immer so nach innen gedreht? Hat sie nicht schon mal mit mehr Kraft gemalt? Plötzlich habe ich eine Vorstellung davon, wie unerträglich traurig es ist, wenn Kinder durch eine Krankheit Fertigkeiten verlieren, die sie vorher hatten. Wenn ich mir Sofie mit gelähmten Armen vorstelle …

»Mama!«, Sofie hält mir den Stift hin.

Ich nehme den Stift in die Hand und kämpfe gegen das Gefühl an, auf einer Bombe zu leben.

»Unmerklich und immer schneller wurde der normale Sterbende einem Schwerkranken nach einer Operation gleichgestellt.«

Philippe Ariès

Die moderne Medizin

Es wird viel über die moderne Medizin geschimpft, die Maschinenmedizin, die es ermöglicht, Halbtote am Leben zu erhalten, die Medizin, die unserem Sterben die Würde nimmt. Tatsächlich ist die Versachlichung des Krankenhausalltags die Kehrseite des technischen Fortschritts, tatsächlich tendiert der medizinische Apparat dazu, aus Sterbenden Kranke zu machen.

Trotzdem, als Sofie nach drei Wochen extubiert wird, bin ich dieser Medizin dankbar, unendlich dankbar, dass sie mein Kind gerettet hat. Sie können viele Leben retten, die Ärzte mit ihren Maschinen, problematisch wird es erst, wenn sie den Maschinen den Raum überlassen.

Ich sehe immer diesen jungen Arzt vor mir, der hinter meinem Rücken zum Beatmungsgerät huscht, am Regler dreht und wieder verschwindet. Ich weiß nicht, wie er heißt, weiß nicht, was er da macht. Er hat sich mir nicht vorgestellt, und ich habe nie gesehen, dass er Sofie berührt hat. Warum er wohl nicht an ihr Bett kommt? Ob er unsicher ist? Ob es einfacher ist, Abstand zu halten? Es gibt auch einen Oberarzt, der sich uns nie vorgestellt hat. Wie wortlos er immer durch das Zimmer marschierte. Ich kann ihn nicht verstehen. Wie soll ich mein Kind jemandem überlassen, dessen Name ich nicht weiß? Ich erwarte nicht viel, einen Händedruck, ein Wort, einen Blick für mein Kind. Doch ich sehe bei ihm keine Anteilnahme, und ich frage mich, warum er Kinderarzt ist.

Wenn es die Schwestern nicht gäbe, die Schwestern in ihren grünen Kitteln, die die kleinen Körper sanft waschen, drehen, verkabeln, die den bewusstlosen Kindern über den Kopf streicheln, ihnen leise Musik anstellen und ihnen, bevor sie gehen, noch mal den Mund ausstreichen. Wenn es diese Schwestern nicht gäbe, wäre es noch schwerer, mein Kind hier liegen zu lassen.

Vielleicht denken einige Ärzte ja: Ich konzentriere mich auf die Behandlung, für den Beistand sind die Schwestern zuständig. Aber wie will man gut behandeln, wenn man sich nicht dem Patienten zuwendet? Was sagt schon der Atemwegsmitteldruck darüber aus, wie mein Kind sich heute fühlt? Auch wenn mein Kind im künstlichen Koma liegt, ist es kein Objekt im Stand-by-Betrieb. Es ist weiterhin ein Kind mit Bedürfnissen, der Monitor überwacht es, aber er tröstet es nicht.

Es gibt Gründe, skeptisch gegenüber der Intensivmedizin zu sein, und ich bin froh, dass eine Debatte über die medizinische Versorgung sterbender Menschen geführt wird. Doch mich ärgern die reißerischen Szenarien über die »Apparatemedizin«, und das scheinbar breite Einvernehmen, mit dem die Maschinen verteufelt werden. Ich bin immer wieder erschüttert, wenn junge Unfallopfer nach kurzer Bewusstlosigkeit sterben, und die Leute sagen: »Bestimmt ist es besser so, wer weiß, was für ein Leben das gewesen wäre.«

Manchmal sagen diese Leute ihren Satz auch den Eltern der Opfer. Dann stehe ich fassungslos da. Wie kann man nur sagen: »Besser, dein Kind ist tot als geschädigt«?

Patientenverfügungen sind ein brandaktuelles Thema. Viele haben die Verfügungen unterschrieben, viele haben Angst, halbtot an Maschinen zu hängen. Eine Bekannte erzählt von einem Vortrag bei der VHS.

»Man muss vorsorgen«, sagte sie. »Ich habe die Verfügung gleich nach dem Vortrag unterschrieben.«

Ich starre die Frau an. Warum muss es diese Angst geben? Warum hat diese Frau mit den blitzenden Augen, die noch nie eine schwere Krankheit hatte, und die keine Vorstellung davon hat, wie sie persönlich sich in ein Leben mit Krankheit oder Behinderung einfinden würde, jetzt schon unterschrieben, dass sie gegebenenfalls abgeschaltet werden soll?

Geschwister

Symptomatisch: Bilder, auf denen Ludger und ich Sofie pflegen und Max steht daneben und wartet. Immer wieder muss er warten, bis wir Zeit für ihn haben. Oft haben wir keine.

Manchmal ist Max wütend und fühlt sich benachteiligt, manchmal ist er auch genervt wegen der Sorgen, die wir uns machen. Andererseits gefällt es ihm, dass Jeanette und Regina unseren Alltag teilen, er genießt die Offenheit unserer Familie, die wir ohne Sofies Behinderung nicht entwickelt hätten.

Und er weiß, dass er Wichtiges lernt. Er sieht jeden Tag, dass eine schwere Behinderung einen Menschen nicht daran hindern muss, voller Freude zu leben. Und er hat seine Antwort parat, als im Unterricht gefragt wird, was einen Menschen ausmacht.

Schnappschüsse: Max drückt Sofie an sich und sieht skeptisch in die Kamera. Max und Sofie liegen auf dem Boden. Sofie beobachtet, wie Ludger Max zeigt, wie Vojta sich anfühlt. Sofie liegt nackt auf Max' Bett und liest lachend im Kicker. Ludger spielt Fußball mit Max, und Sofie sitzt am Rand der Wiese und freut sich, dass Max so schnell rennen kann.

Streit: Max liegt lachend auf dem Boden, und Sofie will ihn wutentbrannt beißen. Die zwei können stundenlang zanken. »Nein«, »doch«, »nein«, »doch«, so sitzen sie manchmal am Tisch.

Bündnis: Als sie uns endlich rumgekriegt haben, liegen sie auf dem Boden und spielen glücklich mit dem schwarz-weißen Kätzchen. Max sucht einen Namen für den kleinen Kater, einen Namen, den Sofie gut aussprechen kann.

Großer Bruder: Max hebt Sofie aus dem Rollstuhl und schleppt sie irgendwohin. Er trägt sie Treppen hinunter, hebt ihr Spielsachen auf, wirft ihr Bälle zu. Auch Sofies Sprachentwicklung ist wesentlich durch ihn bestimmt. Eins ihrer ersten Wörter ist »Eminem«, ein anderes »Bayern«, und wenn sie aus dem Kindergarten kommt, fragt sie als erstes: »Ist Max da?«

Glasküsse: Rennes-les-Bains. Max steht im Fiat und presst sein Gesicht gegen die Scheibe. Sofie liegt auf dem Vordach unseres Fiats, macht einen Kussmund und drückt ihn von außen auf Max' platte Lippen.

Schwere Stunden: Sofie wird heute fünf Jahre. Sie liegt im künstlichen Koma auf der Intensivstation. Max steht erschüttert neben seiner Schwester und will bald wieder gehen.

Aber alle Kinder
Horchen auf die Musik
Und die Wände des Klassenzimmers
Sinken friedlich ein
Und die Fensterscheiben werden wieder Sand
Die Tinte wird wieder Wasser
Die Pulte werden wieder Bäume
Die Kreide wird wieder Felsen
Der Federhalter wird wieder Vogel.

JACQUES PRÉVERT

Leuchtspur

Wir sind auf einem Fest. Sofie tanzt, sie dreht sich strahlend im Rollstuhl. Ein Mann mit einem weißen Schnurrbart tänzelt um sie herum, klatscht in die Hände, zwinkert ihr zu. Sofie glüht, sie dreht sich so schnell sie kann, lacht mit weit offenem Mund. Ich sehe ihr zu, ihr Gesicht ist eine wirbelnde Leuchtspur, und mir wird warm vor Glück.

Ich erinnere mich daran, wie ich vor Sofies Geburt eine Mutter mit einem gelähmten Kind fragte, wie ihr Leben so sei. Die Frau dachte einen Moment nach, dann sagte sie: »Anstrengend, schwierig und schön.«

Schön. Ich habe auf dem Wort rumgekaut.

Die Frau hat gelacht. »Ja, aber ich kann es nicht erklären.«

Jetzt verstehe ich ihr Problem. Es gibt diese leuchtende Freude, doch sie ist schwer zu beschreiben, denn alles klingt abgegriffen.

»Sie sind Sonnenscheine«, sagen ältere Menschen oft über ihre behinderten Kinder. Früher hat mich das sehr gestört, ich hatte das Gefühl, dass man den behinderten Kindern damit nicht gerecht wurde. Als wenn man ein Sonnenschein sein müsste, weil man eine Behinderung hat.

Jetzt sehe ich, dass viele behinderte Kinder ihren Eltern wirklich eine besondere Freude sind. Ob es daran liegt, dass diese Kinder sich so sehr an »einfachen Dingen« freuen können?

An einer Zärtlichkeit, einem Scherz, einem Spiel?

Daran, dass sie – vor allem wenn sie eine geistige Behinderung haben – ihre Gefühle auf der Zunge tragen, dass sie so echt und unverstellt sind? Daran, dass sie uns immer wieder zwingen, aus unserer leistungsorientierten Gesellschaft herauszutreten, Nischen zu finden und freundliche Menschen? Daran, dass sie uns spüren lassen, was wesentlich ist?

Anderen Kindern stellen wir nach und nach immer mehr Bedingungen. Von ihnen fordern wir Leistung und Anpassung, nicht so von unseren behinderten Kindern. Wenn wir ihre Behinderung akzeptieren, akzeptieren wir auch, dass sie den »normalen« Ansprüchen nicht gerecht werden können. Wir lassen sie frei, und vielleicht können sie uns deswegen eine besondere Freude sein, vielleicht kurbeln sie deswegen eine Liebe an, die bedingungslos und einmalig ist.

Kinder, die so geliebt werden, sind oft unbeschwert, und sie strahlen eine großzügige Frohlichkeit aus. Ihre Freude wiederum, ihr Vertrauen und ihre Bereitschaft, unverstellt auf die Welt zuzustürmen, all das springt auf uns über und kann uns mitten ins Herz treffen.

In einer meiner Mußestunden höre ich im Radio eine Sendung über ein Hotel in Ostwestfalen, in dem vorwiegend Menschen mit Behinderungen arbeiten. Die Gäste berichten lachend, dass sie das Hotel schätzen, weil sie sich dort weniger wie im Hotel und mehr wie zu Hause fühlen. Als die Geschäftsführerin gefragt wird, was für sie das Ungewöhnliche an diesem Hotel ist, überlegt sie einen Moment. Dann lacht sie und sagt: »Es ist das erste Mal, dass ich erlebe, dass die Mitarbeiter morgens jubelnd zur Arbeit kommen.«

Der Eintritt in die Gesellschaft

Endlich kommt Sofie in den Kindergarten, endlich lebt sie mit anderen Kindern zusammen. Wir wollen, dass Sofie auch mit nicht behinderten Kindern zusammen erzogen wird, für uns ist klar, dass es ein integrativer Kindergarten sein muss. In der ersten Einrichtung sagt man uns, dass die Eltern auch putzen müssten »zur besseren Identifikation mit der Einrichtung«.

»Putzen?« Als wenn wir nichts anderes zu tun hätten, wir streichen den Kindergarten sofort von der Liste. In der nächsten Einrichtung ist die Leiterin so unterkühlt, dass wir uns nicht vorstellen können, ihr unser Kind anzuvertrauen. Der dritte Kindergarten gefällt uns. Die Fachkräfte sind freundlich und kompetent, es gibt eine Kinderkrankenschwester und fest angestellte Therapeutinnen.

Anfangs ist Sofie ängstlich. Ihr ist alles zu laut, und wenn Kinder streiten, rollt sie zu mir und fängt an zu weinen. Doch sie ist auch fasziniert und fährt in immer kleineren Kreisen um die Kinder herum. Ich bleibe die ersten Tage in der Gruppe, zeige den Erzieherinnen den Umgang mit den Hilfsmitteln und beobachte Sofie, die ungewohnt schüchtern ist. Sie spricht nicht, sondern nickt nur auf die Fragen der Kinder. Doch sie freut sich jeden Morgen auf den Kindergarten, und bald verliert sie die Scheu, bleibt alleine da und fängt an, die Kinder zu unterscheiden.

»Da ist einer, der ärgert alle. Aber Rebecca und Kathrin sind lieb. Und Tobias, Tobias ist mein Freund, und morgen spiel ich mit ihm.«

Ich freue mich. Bisher waren Sofies Außenkontakte vorwiegend therapeutischer Art. Jetzt ist sie in der Gesellschaft angekommen, jetzt hat sie endlich Kontakt zu anderen Kindern.

Medizintourismus

On the road. Ich fahre gen Süden. Anfangs haben wir versucht, Sofie vor Ort versorgen zu lassen. Doch die Klinik ist auf Patienten mit Mehrfachbehinderungen schlecht eingestellt. Die nette Ärztin aus dem Sozialpädiatrischen Zentrum ist wieder zurück nach Süddeutschland gezogen. Es gibt kein ganzheitliches Behandlungskonzept mehr, und langfristig können wir es uns nicht leisten, dass es eine Frage von Zufällen scheint, welche diagnostischen und therapeutischen Maßnahmen an unserem Kind durchgeführt werden. Wir brauchen die Zusammenarbeit von Spezialisten, wir brauchen Sicherheit, wir brauchen Struktur. Deswegen fahren wir durch die Republik, deswegen fahre ich gen Süden.

Die Dekompressionsoperation im Dezember war kein Erfolg. Jetzt gibt es einen zweiten Versuch in einer anderen Klinik. Ich bin erleichtert. Endlich muss ich nicht mehr dasitzen, hilflos auf Sofies Arme starren und auf weitere Lähmungen warten. Andererseits kann niemand sagen, was dieser zweite Versuch wirklich bringt.
    Plötzlich stehe ich im Stau, Regen schlägt gegen die Scheibe. Vor mir sehe ich Ketten von roten Lichtern. Ich öffne das Fenster, strecke den Kopf heraus, Regen kühlt mein Gesicht. Der Stau löst sich schleppend, im Schritttempo fahre ich an Fabriken vorbei. Schwarze Türme, rote Lichter, eine graue Wolke, die starr im Himmel steht. Als ich an einer Raststätte anhalte, schläft Sofie. Ihr Gesicht ist nach vorne gesunken, die weißblonden Haare leuchten, wenn das Licht der vorbeigleitenden Scheinwerfer auf sie fällt. Ich stehe mit Schirm und Kaffee neben dem Wagen. Große Lastwagen belagern den Parkplatz. In ihnen sitzen Männer

und lesen im Licht kleiner Lampen. Sofies Gesicht wird angestrahlt, sie sieht blass und müde aus.

Ich setze mich ins Auto und mache mich wieder auf den Weg. Endlich ist auf der Autobahn weniger los. Ich höre Tschaikowski, der Mond zeigt sich, Sterne funkeln. Die Musik wird lauter, setzt an zum Crescendo. Ich werfe einen Blick auf Sofie. Wie ich hier durch die Nacht fahre, mit dem Kind durch die Nacht fahre, nie hätte ich mir das vor ein paar Jahren vorstellen können. Damals lebte ich mehr im Gefühl von Zufälligkeit, jetzt war mein Leben mein Leben geworden.

Dieser Augenblick

Der Augenblick, in dem die OP-Türen sich schließen. Das Zischen der Schleuse ist immer noch schlimm. Wie Sofie mich ansieht, kurz bevor sie verschwindet. So ruhig und vertrauensvoll, sie ist so schrecklich vertrauensvoll. Und wenn das alles nichts bringt, denke ich auf dem Weg in die Stadt. Ich muss raus aus der Klinik. Das Handy in der Hand haltend, laufe ich zügig am Neckar entlang. Ein alter Mann steht in hohen Stiefeln am Ufer, ein Hund bellt, Enten stieben auseinander. Ich werfe einen Stein in den Fluss. Es ist ein Spätsommermorgen, der nach Abschied und Neubeginn riecht.

Wie immer dauern die Stunden zu lang, und ich bin zwei Stunden zu früh wieder auf der Station. Ich warte. Der Neurochirurg ruft an und berichtet. Es ist alles gut gelaufen, später will er vorbeikommen. Ich bin dankbar, ich weiß es mittlerweile zu schätzen, wenn Ärzte sich Zeit nehmen für das Gespräch nach der Operation. Ich darf zu Sofie. Es geht ihr gut, sie muss nicht länger auf der Intensivstation bleiben.

Der Neurochirurg ist optimistisch. Er will kein halbes Jahr warten, um den OP-Erfolg zu überprüfen und veranlasst ein paar Tage später eine Kernspintomographie.

In dieser Klinik geht das ganz unkompliziert. Ludger liegt mit Sofie in der ratternden Röhre und erzählt ihr schreiend den kleinen Wassermann. Sofie liegt ganz still, sie macht es ohne Sedierung mit. Am Tag darauf lächelt der Arzt mich an. »Es sieht gut aus, die Operation hat eine Entlastung bewirkt.«

Ich starre ihn an, kann es nicht glauben. »Wirklich?«

Der Arzt nickt, er freut sich mit mir. Später streichele ich Sofies Arm. Ich bin übernächtigt, kaputt, völlig überdreht, doch ich bin glücklich, so glücklich. Ich laufe über das Klinikgelände, setze mich vor die Cafeteria, trinke Kaffee und lehne mich in die milde Spätsommersonne. Neben mir lacht ein Kind, mein Herz ist leicht und der Himmel einfarbig blau.

Östliche Philosophie

Frühstück gibt's in der Mensa. Am Fenster isst eine kräftige Frau in aller Ruhe ein Brötchen. Sie trägt ein blassrosa T-Shirt mit einem V-Ausschnitt, ich kenne sie vom Sehen, ihr Kind liegt auf der Onkologie. An der Essensausgabe drängelt eine dünne Frau: »Packen Sie es mir bitte ein! Schnell, ich hab's eilig!«

Die Neuen erkennt man sofort. Sie nehmen das Frühstück mit auf die Station oder essen es schnell hier mit gesenktem Blick. Sie wollen immer beim Kind sein, keinen Arzt verpassen und keine Visite.

Sie sind gute Begleitpersonen, haben um sieben ihr Bett weggeklappt, um halb acht das Kind fertig, sie sind eifrig und ständig verfügbar.

Am Anfang habe ich es auch so gemacht. Immer in Eile, immer auf Ärzte, Visiten und Schwestern wartend. Doch auf Dauer ist dies schlecht zu leben. Warten ist harte Arbeit, es bedeutet, sich auf einen zermürbenden Kampf gegen die Unbestimmtheit des Tagesablaufs einzulassen, gegen Gefühle von Ausgeliefertsein und Abhängigkeit. Deswegen habe ich es mir weitgehend abgewöhnt. Durch Krankenhausaufenthalte kommt man besser mit einer östlichen Philosophie: Geschehen lassen.

Da sein, nicht warten.

Schon wieder eine Mutter, die im Laufschritt ihr Frühstück abholt. Ich stehe auf. Die Frau im rosa T-Shirt isst immer noch, die kräftigen Arme auf den Tisch aufgestützt, den Blick unbestimmt in die Ferne gerichtet.

Kevin ist doof

Ein sonniger Spätsommertag. Sofie und ich gehen in die Stadt und setzen uns vor ein Café. Sofie sieht sich den Brunnen daneben an. Es ist ein alter Brunnen mit großen spuckenden Fischen. Im Wasserbecken steht ein steinernes Mädchen, das Gesicht in die Höhe gehoben, eine Hand auf dem grauen Fisch. Ein Mädchen mit braunen Locken kommt gelaufen und streckt die Hand in den Brunnen. Sofie fährt zu ihr hin. »Wie heißt du?« Die Kleine gibt keine Antwort. »Wie heißt du?«

Vor dem dritten Mal gibt Sofie nicht auf.

»Sie heißt Lara«, sagt der Mann, der dem Kind gefolgt ist. »Und du?«

»Sofie.«

Lara bestaunt die Bilder auf dem Rollstuhl und flüstert ihrem Vater etwas ins Ohr. Da stürmt ein blonder Junge heran, springt auf die Brunnenmauer und fängt an, mit Wasser zu spritzen. »Kevin«, ruft seine Mutter, eine große Frau mit schwarzem Fransenpony. »Kevin, lass das!«

Kevin streckt den Mädchen die Zunge heraus und tanzt wie ein Fußballstar nach einem Tor auf der Mauer herum. Lara verkriecht sich an ihrem Vater, Sofie sitzt still im Rollstuhl. Kevin zeigt mit dem Finger auf sie.

»Mach doch auch mal«, ruft er, und dann singt er: »Das kannst du nicht, das kannst du nicht.«

Ich stehe auf, doch ich habe keine Idee, was ich tun soll.

Da sagt Laras Vater zu Kevin: »Sofie kann nicht laufen. Na und? Du kannst dich nicht benehmen. Das finde ich schlimmer.«

Kevins Mutter zieht ihren Sohn mit sich fort. Sein wütendes Geschrei gellt über den Platz.

Ich gehe zu Sofie, bücke mich und sehe ihr in die Augen. Sie weicht meinem Blick aus. »Gib mir Steine, ich will Steine ins Wasser werfen.«

Lara sammelt flink ein paar Steine und reicht sie Sofie. Sie werfen Steine ins Wasser, Lara plappert, Sofie ist ungewohnt still.

Ein Bus kommt, Lara und ihr Vater steigen ein und winken zum Abschied. Dann sitzt Sofie neben mir am Tisch. Sie denkt nach, ihr Croissant liegt unberührt auf dem Teller. Irgendwann hebt sie den Kopf. »Mama, ich glaub, der Kevin ist doof.«

Sie beißt in ihr Croissant. Das Kapitel ist abgeschlossen.

Ein Tag im Leben

Der Mond leuchtet hell. Ich schleiche durch Sofies Zimmer. Sie liegt still, doch plötzlich sehe ich, dass ihre Augen weit offen sind.

»Bist du schon wach?« Ich gehe zum Bett und nehme sie hoch. Sie strahlt mich an, ihre Freude springt sofort auf mich über. Wir stehen unterm Fenster und sehen uns den Mond an.

»Geh ich heute in den Kindergarten?«

»Ja«, sage ich und halte sie noch ein bisschen im Arm.

Morgens früh ist viel zu tun. Waschen, katheterisieren, Gymnastik, Frühstück, Medikamente. Trotzdem sehen wir uns erst mal den Tag an. Dieser langsame erste Schritt verweist die Hektik in die Schranken.

Beim Katheterisieren singe ich oder sage ein Gedicht, Ottos Mops oder Herr von Ribbeck aus dem Havelland, auf. Die Gymnastik macht Sofie bereitwillig mit, doch als ich ihr den Löffel mit der Medizin hinhalte, presst sie die Lippen zusammen. Ich warte, und irgendwann macht Sofie den Mund auf, schluckt und verzieht das Gesicht. Dann bringe ich sie nach unten.

»Willst du auf den Boden oder in den Rolli?«

Sie will in den Rollstuhl und fährt zu ihrem Spieltisch. Dort sitzen zwei Püppchen, Sofie liebt kleine Püppchen.

»Mama, darf ich…?«

Ich weiß, was sie will.

»Ein kleines«, sage ich, »ein kleines darfst du mitnehmen.«

Ich ziehe ihr das Korsett und die Orthesen an, setze sie in ihren Stuhl, rede ihr zu, ein wenig zu essen, und bringe den Gehtrainer raus. Dann hole ich Sofie. Wir stehen an der Straße und warten auf den Bus. Schulkinder gehen vorbei und winken.

»In welche Schule gehe ich später?«, fragt Sofie.

»Das müssen wir mal sehen, ich weiß es noch nicht!«

Sofie sieht den Kindern hinterher. »Ich will in die Schule, in die Tobias geht, Mama.«

Aus dem Nebel kommt der weiße Bus angefahren. Sofie wird hineingehoben und festgeschnallt. Sie winkt, bis der Nebel den Bus verschluckt. Ich gehe nach drinnen. Sechs freie Stunden liegen vor mir. Sofie ist jetzt bestimmt in der Kuschelecke, sie will immer in die Kuschelecke, sagt die Erzieherin. Später wird die Krankengymnastin Sofie in die Orthesen stellen, und wenn Sofie keine Lust hat, wird Frau K. die Kinder rufen, und die Kinder werden kommen und Sofie anfeuern: »Los Sofie, komm!«

Dann wird Sofie die Schultern zurückwerfen und lachend durch den Flur klackern, schnell und immer schneller. Danach wird die Erzieherin eine Geschichte vorlesen. Sofie wird genau zuhören, und dann wird sie fragen, wie es weitergeht.

Ich sehe sie genau vor mir, wie sie zwischen den Kindern sitzt, etwas vornübergebeugt, sich mit den Händen leicht abstützend und mit glühenden Wangen in die Geschichte vertieft.

Ja, Sofie spielt jetzt und hört Geschichten.

Es geht ihr gut, ich kann meine Freizeit genießen.

Lernspiele

In der Ergotherapie macht Sofie Übungen zur Kategorienbildung. Das kann sie, doch die Arbeit mit Zahlen und geometrischen Figuren fällt ihr sichtlich schwer. Auch zu Hause gibt es Lernspiele. Sofie mag sie nicht, sie will immer nur Geschichten hören oder Vater-Mutter-Kind spielen, Opa-Oma-Kind und Krankenschwester-Krankenbaby.

Wir versuchen, Würfelspiele mit ihr zu machen, doch Sofie versteht sie schlecht, und sie ist sich dessen bewusst. Zögernd schiebt sie die Spielfigur, dann hebt sie den Kopf und sieht uns unsicher an. Auch im Kindergarten entzieht sie sich diesen Spielen. »Ach nein, ich hab keine Lust.«

Ich beobachte, wie sie Puzzleteile zusammensetzt. Wir haben ihre kognitiven Fähigkeiten nicht testen lassen, wir wollten sie dem noch nicht aussetzen, sahen auch keine Notwendigkeit, da Sofie gut gefördert wird. Wir fanden, dass es noch Zeit hat.

Doch jetzt bin ich unsicher. Sollen wir mit Sofie reden? Leidet sie darunter, dass sie bestimmte Dinge nicht gut kann? Und was sollen wir ihr sagen?

Ich weiß es nicht.

Mit dem Neuropädiater haben wir vereinbart, dass Sofie kurz nach ihrem fünften Geburtstag bei ihm getestet wird. Wir konnten uns nicht vorstellen, Sofie in irgendeiner Ambulanz testen zu lassen. Ohnehin wird es wehtun, einen quantitativen Intelligenzquotienten dastehen zu sehen: Sofie H., Gesamt-IQ X. Für uns wird es eine schmerzhafte Reduktion bedeuten, diesen Zahlenwert über unser Kind zu lesen, und vor unserem inneren Auge werden wir sofort die Striche sehen, die Skalierungsstriche für Intelligenzminderung. Unsere Tochter wird wohl unter einem dieser Striche stehen, wahrscheinlich wird sie als lernbehindert eingestuft werden. Uns ängstigt, dass mit diesen Strichen Zukunftswege zugewiesen werden, Schulwege, Ausbildungswege. In unserer Gesellschaft sind diese Striche kaum durchlässig.

Gerade als ich beschlossen habe, den Neuropädiater zu fragen, ob es gut ist, bald mit Sofie über ihre kognitiven Einschränkungen zu reden, schiebt sie das Puzzle weg.
»Ich mag nicht mehr Mama, lies mir doch 'ne Geschichte vor!«
»Komm«, sage ich und nehme sie auf den Schoß.
Wir lesen *Irgendwie Anders*. »Irgendwie Anders« ist ein Wesen, das seltsam aussieht und nirgendwo hinpasst. Überall sagen die Leute ihm, es sei nicht wie sie, und schicken es weg. Schließlich findet es doch einen Freund und lebt mit ihm zusammen.
Sofie rührt sich nicht, bis ich den Schluss lese.
»Und wenn jemand an die Tür klopfte, der wirklich sehr merkwürdig aussah, dann sagten sie nicht: ›Du bist nicht wie wir.‹ oder ›Du gehörst nicht dazu.‹, sie rückten einfach ein bisschen zusammen.«
»Wie könnte der ausgesehen haben, der Merkwürdige?«, fragt Sofie. Und dann überlegen wir und verpassen ihm grüne Ohren, Haare aus Draht oder eine ellenlange Zunge. Auf die Idee, dass der Merkwürdige im Rollstuhl sitzen könnte, kommt Sofie nicht, und ich bin froh darum.

Integration

Wir gehen zum Spielplatz. Sofie ist drei Jahre alt.
»Warum sitzt du im Rollstuhl?«, fragt ein Mädchen.
»Weil ich nicht laufen kann.«
»Wie ist es im Rollstuhl?«, fragt das Mädchen.
»Gut«, sagt Sofie. Sie kennt es nicht anders.

Wenn hundert Zweibeinige und ein Einbeiniger im Kreis sitzen, wer muss dann integriert werden? Und wenn ein Einbeiniger und ein Zweibeiniger zusammensitzen, wer wird dann integriert? Integration gelingt nur wechselseitig. Doch wenn hundert Kinder laufen und eins nicht, vergisst man das schnell.

Deswegen geht Sofie in einen integrativen Kindergarten. Wir wollen, dass sie mit nicht behinderten Kinder zusammen erzogen wird, aber uns ist es auch wichtig, dass sie nicht das einzige behinderte Kind ist. Sofie lernt schnell, dass es normal ist, verschieden zu sein. »Ich kann reden und nicht laufen, und die Antonia kann laufen, aber nicht gut reden, und der Sven kann nicht reden und laufen, aber schön lachen.«

Ich beobachte die Kinder. Die Offenheit, mit der sie sich gegenseitig annehmen, beeindruckt mich. Auch die nicht behinderten Kinder lernen dabei. Kathrin, Michelle, Rebecca und Peter werden später nicht verkrampft wegsehen, wenn sie behinderten Menschen begegnen, und für Jeff wird es normal sein, einem Rollstuhlfahrer schnell etwas aufzuheben.

Anfangs frage ich mich noch oft, ob Sofie auch bei allem mitmachen kann, aber dann lerne ich, dass Integration nicht bedeutet, dass mein Kind alles mitmacht, sondern dass es seinen Platz in der Gruppe hat.

Auch die Selbsthilfegruppe ist wichtig. Bei den monatlichen Treffen trifft Sofie andere gelähmte Kinder, und sie verausgabt sich immer total. Rampe rauf, runter, wilde Verfolgungsjagden im Rolli. Wo sonst kann sie so mit rollenden Kindern rumtoben? Wo trifft sie Kinder, die wie sie Korsetts und Orthesen tragen? Sofie himmelt die älteren Mädchen an, sie lässt sich von ihnen schieben und winkt uns stolz zu. Als wir mit der Gruppe eine Woche in Heidelberg sind, beobachtet sie, wie ein älteres Mädchen katheterisiert wird.

»Genau wie bei mir«, sagt sie.

Es gibt auch Geflachse zwischen den Jungen und Mädchen, Necken und Ärgern, Teenager halt und Normalität. Natürlich gibt es auch Einbrüche. Die Pubertät wird nicht einfacher dadurch, dass man behindert ist.

»Zu den Jugendlichen in meinem Dorf hab ich kaum noch Kontakt«, erzählt mir ein Mädchen, das wie die meisten anderen hier in eine Sonderschule geht, die weit weg von ihrem Dorf liegt. »Ich mach nur was mit meinen Freundinnen aus der Schule, und außerdem hab ich jetzt einen Freund.«

Sie zeigt mir den Ring, und ich freue mich mit ihr.

Schulwege

Meine erste Begegnung mit der Frage nach Sofies zukünftigen Schulwegen habe ich schon kurz nach unserem Umzug ins Rheinland. Es ist der erste Sprechtag in Max' neuer Grundschule. Ich sitze mit dickem Bauch vorm Klassenzimmer und warte. Zwei Frauen, die ich nicht kenne, stehen zusammen und unterhalten sich. Sie senken die Stimmen, als sie ihre Erleichterung darüber ausdrücken, dass die Schule jetzt doch keine behinderten Kinder aufnimmt. Ich reiße die Augen auf, meine Arme legen sich automatisch um meinen Bauch, und die Frauen, die meine Irritation zu spüren scheinen, stocken und wechseln das Thema.

Als die Lehrerin mich hereinruft, frage ich sie, was die Frauen gemeint hätten. Sie nickt, ja, es sei diskutiert worden, ob die Schule sich der Integration öffnen solle. Der Schulleiter habe sich dafür eingesetzt, doch ein paar Kollegen und die Mehrheit der Eltern seien dagegen gewesen. Die Eltern hätten Angst gehabt, dass ihre Kinder dann nicht mehr richtig gefördert würden.

Ja, so sei das gewesen. Die Lehrerin zuckt die Achseln und lächelt verlegen. Ich denke: Gut, dass Max diese Diskussion nicht mitgekriegt hat. Wie hätte er sich gefühlt, wenn er gehört hätte, dass man an seiner neuen Schule Kinder wie seine Schwester nicht will?

Die Lehrerin berichtet, wie Max sich so macht, und entlässt mich freundlich. Schwerfällig trete ich aus dem alten Gebäude. Die Sonne scheint, auf dem Schulhof springen Kinder herum. Ich setze langsam einen Schritt vor den andern.

Keine gemeinsame Grundschule.

Unser Kind ist noch nicht geboren, wir haben uns gerade erst auf den Weg gemacht, und doch habe ich das Gefühl, dass manche Brücken schon hochgeklappt sind.

Damals bin ich noch sicher, dass ich kämpfen werde.

Dafür kämpfen werde, dass Sofie mit den Nachbarskindern zur Schule gehen kann. Ich habe unser selektives Schulsystem immer abgelehnt, ich fand es untragbar, dass die Bildungsorientierung der Eltern so maßgeblich die schulische Laufbahn bestimmt, dass so früh dermaßen zukunftsbestimmende Entscheidungen über Kinder gefällt werden. Warum? Kein anderes westeuropäisches Land beendet den gemeinsamen Schulunterricht der Kinder schon nach vier oder sechs Jahren.

Ich wollte meine Kinder immer in eine integrierte Schule schicken. Lange vor Sofies Geburt, war ich eine Befürworterin der Integration. Ich war und bin davon überzeugt, dass Kinder mit Behinderungen bessere Chancen haben, wenn sie von Anfang an zusammen mit anderen Kindern unterrichtet werden. Dann ist die Gefahr geringer, dass sie weiter auf Sonderwege verwiesen werden, dass ihnen für die Freizeit nur das Spezialangebot, zum Wohnen nur das Heim und zum Arbeiten nur die Werkstatt für Behinderte bleibt.

Nach Sofies Geburt lerne ich andere Eltern behinderter Kinder kennen. Sie haben erfahren, dass Integration an vielen Schulen nicht gewollt wird. Sie haben erlebt, wie Schulleiter erblassen, als sie ihnen ihr behindertes Kind vorstellen, wie sie lavieren, versuchen zu erklären, dass es doch undenkbar sei, dieses Kind an ihrer Schule einzuschulen, dass man dem Kind ja nichts Gutes tue, dass es eine besondere Pflege brauchte, dass Integration doch nicht alles sei…

Das Unerträgliche ist, dass sie Recht haben. Nicht darin, dass man behinderte Kinder an ihrer Schule nicht unterrichten kann. Es ist eine Frage der Öffnung, der Entscheidung, Aufklärung und der Schaffung von Rahmenbedingungen. Aber sie haben Recht darin, dass man dem eigenen Kind nichts Gutes tut, wenn man es an eine Schule schickt, die die Integration nicht will, wenn man es einem Schulleiter aussetzt, der zurückschreckt, einem Kollegium, das die Aufnahme behinderter Schüler nicht mitträgt, einer Elternschaft, die ablehnend ist. Wenn die personellen und räumlichen Rahmenbedingungen für Integration nicht geschaffen werden, wenn das behinderte Kind mit seinen besonderen Bedürfnissen ein Exot an der »Regelschule« bleibt.

Obwohl die Mehrheit der Eltern aus der Selbsthilfegruppe sich die integrative Schule wünscht, haben die meisten ihre Kinder zur Sonderschule geschickt. Sie zur Sonderschule geschickt, weil die Regelschule um die Ecke nicht integrativ ist. Und dadurch wird diese Schule auch im nächsten Jahr nicht integrativ sein und im übernächsten und …
  Dabei brauchte es doch nur Lehrer und Eltern, die anfangen.

Ludger und ich wollen das anders machen.
  »Wir werden kämpfen«, versprechen wir uns. Sofie soll im Stadtviertel zur Schule gehen, sie soll nicht jeden Tag stundenlang durch die Gegend gekarrt werden, sie soll im Umfeld eingebunden sein, ihre Freunde in der Nähe haben, mit den Kindern um sie herum leben und lernen dürfen.
  Aber dann kommen Sofies Atemprobleme. Dann kommen die Fragen: Wie alt wird Sofie, wie viel Zeit hat sie, und was wollen wir ihr und uns zumuten?
  Manchmal, wenn ich an Sofies Bett sitze und sie nach Luft ringen sehe, denke ich: Nein, keine Kämpfe, keine Kämpfe auf ihre Kosten. Lassen wir sie in eine Sonderschule gehen, lassen wir sie im geschützten Rahmen lernen und leben, alles, nur keine Kämpfe bitte. Als Sofie vier wird, habe ich mich damit abgefunden, dass Sofie wahrscheinlich zur Sonderschule gehen wird. Aber ich bin wütend, wütend, weil Schulen mein Kind ausschließen dürfen und traurig, weil auch wir keine Integration erkämpfen.

Doch es soll niemand sagen, wir hätten sie nicht gewollt.
  Wir fühlen uns betrogen, weil wir unser Kind nicht guten Gewissens in die Schule um die Ecke gehen lassen können.

Wir verstehen weiterhin nicht, warum Kinder nicht gemeinsam unterrichtet und individuell gefördert werden können. Und wir finden es zynisch, wenn Schulpolitiker auf uns verweisen und behaupten, Eltern behinderter Kinder würden sich ja für die Sonderschule entscheiden.

Aus freien Stücken.

Kein Ort. Nirgends

Wir kommen aus der Urologie und wollen nach Hause.

»Hallo«, ruft da ein Kinderarzt. »Kennen Sie schon den neuen Kernspinbefund?«

Er fragt es im Vorbeigehen, lächelnd, mitten im Flur. Und dann kommt es: »Ja, das Bild stellt sich dar wie präoperativ«, sagt er, die Syringomyelie habe sich komplett wiederaufgebaut. Er sieht mich erwartungsvoll an, der Schlag trifft mich vollkommen ungeschützt.

Eigentlich ist er ein netter Arzt, eigentlich hätte das anders gehen können. Ich weiß, dass die Arbeitsbedingungen im Krankenhaus schwierig sind, ich weiß, dass wenig Zeit ist, aber es hätte den Arzt fünf Minuten gekostet, mich in einen Raum zu bitten, sich kurz zu mir zu setzen und mir das Ganze schonend beizubringen, statt mich im Vorbeigehen so vernichtend zu treffen. Es braucht doch nicht viel: Zwei Minuten, einen Blick, ein paar Sätze, es kommt auf die Haltung an.

In all den Jahren haben wir einige Erfahrungen mit gedankenlosen Äußerungen von Ärzten gemacht, und ich habe mich mehr als einmal darüber gewundert, wie tief diese Worte mich trafen. Als Sofie ein paar Wochen alt war, versuchten wir, uns mit Hilfe der Ärzte ein Bild von ihrer Gehirnfehlbildung und den damit verbundenen Bedrohungen zu machen. Es waren Computertomographie-Aufnahmen gemacht worden, die eine massive Chiari-Malformation zeigten. Nachdem der Neurochirurg gegangen war, unterhielt ich mich mit einer jungen Ärztin im Praktikum über die Diagnose mit den vielen offenen Fragen.

»Und wenn diese Chiari-Symptome auftreten?«, fragte ich voller Sorge. Sie zuckte die Achseln und sagte munter:

»Ja, manchmal muss man akzeptieren, dass nichts mehr zu tun bleibt.«

Mir war elend, als sie diesen Satz so kaltblütig sagte.

Ich will die Wahrheit erfahren, immer, aber ich brauche Ärzte, die deren Gewicht anerkennen, und keine, die sie mir an den Kopf werfen wie den Wetterbericht.

Im Klinikalltag ist dem Gespräch kein klarer Platz zugewiesen, es ergibt sich, oft ringt man es den Ärzten irgendwo ab, und je nachdem an wen man gerät, erhält man ein bedeutungsvolles Schweigen, das vermittelt, dass man doch längst Bescheid wissen könne, ein paar hingeworfene Totschlagsätze, ein verkrampftes Ausweichen auf nichtssagende Formulierungen, oder – wenn man Glück hat – ein ernsthaftes Eingehen auf Fragen und Ängste. In der ambulanten Versorgung erfahren wir Sofies Ärzte als Partner, die in ihren »Sprechzimmern« mit uns gemeinsam überlegen, was zu tun ist, um Sofie zu fördern und zu schützen. Auch in den Kliniken begegnen uns Ärzte, die sich auf das Gespräch mit uns einlassen, aber insgesamt erleben wir dort eine Ärzteschaft, die eher ausschließt, als einbindet, die eher informiert, als mit uns zu sprechen. In der Klinik wird es zum Überlebenstraining, Ärzte zu finden, die bereit sind, Befunde in Ruhe mit uns besprechen.

Wenn es nur einen Ort gäbe: Das Bett des Kindes ist kein guter Ort für schwere Gespräche. Wenn es ein Zimmer gäbe, ein kleines Zimmer mit einem Tisch und drei Stühlen. Man könnte dort hingehen, auch der Arzt könnte sich setzen, man säße sich gegenüber, das Gespräch hätte seinen Raum gefunden.

»Die Medizin kann ihrer Tochter nicht mehr viel anbieten«, sagt ein Arzt zu mir, als Sofie mal wieder auf einer Intensivstation liegt. Ich starre ihn an. Was ist das für ein Satz? Wer ist die Medizin? Und was heißt »nicht mehr viel«?

Verzweifelt suche ich seinen Blick, doch er weicht aus und kritzelt auf seinem Block herum. »Aber«, sage ich, »aber …«

Sein Pager summt, ich fühle mich schrecklich im Stich gelassen.

Am nächsten Morgen kommt der Oberarzt, setzt sich zu mir, sieht mir in die Augen und erklärt mir die Situation.
»Wir wissen nicht, wie es weitergeht«, letztendlich sagt er nicht viel anderes als sein Kollege, doch er stellt sich mir und hält meinen Blick aus. Auch er weiß nicht, wie es weitergeht, aber die Tür bleibt offen, wir werden nicht ausgesperrt.

> *»Der Tod hat aufgehört als natürliches*
> *und notwendiges Phänomen zu gelten, er ist ein Fehlschlag.«*
>
> R. S. Morrison

Die Zeit, die Sie haben

»Fahren Sie nur in Urlaub. Nutzen Sie die Zeit, die Sie haben«, sagt der Kinderarzt. »Die Zeit, die Sie haben.« Ich drehe die Worte im Kopf. Was meint er damit: »Die Zeit, die Sie haben.«

Der Professor in der Klinik nähert sich zögernd.
»Die Lage ist ernst«, sagt er.
Wie ernst. Welche Lage? Was will er uns sagen?
Sofie wird beatmet. Wir haben Angst, aber uns ist nicht wirklich klar, dass das Pendel plötzlich auf Tod schwingen kann. Es ist schwer, das Undenkbare zu denken, und vorsichtige Andeutungen helfen uns wenig. Warum verstecken Ärzte sich hinter diesen Standardsätzen? Warum werden wir in Unklarheit gelassen? Warum wird Gefahr so wenig deutlich gemacht?
»Wir wissen ja nicht, wie es ausgeht«, sagen die Ärzte, »und Eltern sind so vulnerabel und brauchen Hoffnung.«
Natürlich brauchen wir Hoffnung, aber wir brauchen auch Klarheit. Nur wenn uns klar wird, wie dünn der Faden ist, an dem das Leben unseres Kindes hängt, können wir uns dazu verhalten. Nur dann können wir sagen: Nein, ich gehe jetzt nicht zur Arbeit. Nur dann können wir sagen: Ich bringe ihren Bruder mit. Nur dann können wir überlegen: Wie soll es sein, wenn sie stirbt?
Und Klarheit raubt Hoffnung nicht. Auch wenn uns die Gefahr klargeworden ist, werden wir hoffen, wir werden hoffen, solange es Hoffnung gibt. Aber dann sind wir vorbereitet, wenn das Pendel auf Tod schwingt. Dann haben wir bessere Chancen

auf einen guten Abschied, auf eine bewusst erlebte letzte Zeit mit dem Kind.

Wenn Kinder sterben, werden manche Ärzte sich schuldig fühlen. Ein schwieriges Gefühl für jemanden, der am nächsten Tag frisch vor den neuen Patienten stehen soll. Vielleicht habe ich deswegen den Eindruck, dass viele Ärzte leise einen Schritt zurücktreten, wenn es ums Sterben geht. Als wenn es nichts mehr zu tun gäbe, als wenn sie nicht mehr zuständig wären.

Die Konsequenz ist ein distanzierter Umgang mit Eltern sterbender und verstorbener Kinder, ein Umgang, der zu kurz greift, der unsere Wirklichkeit ausblendet. Ein Onkologe, den ich in einem Vortrag erlebe, spricht von einem »Patienten in der finalen Phase«. Warum diese Versachlichung, warum spricht er nicht von einem sterbenden Kind?

Warum sprechen Ärzte die Worte nicht aus? Als wenn wir nicht wüssten, dass sie ihr Bestes tun, als wenn wir nicht wüssten, dass es nicht in ihrer Hand liegt, den Tod zu besiegen. Rund dreißig Kinder sterben hier im Jahr auf der Intensivstation. Dreißig Kinder. Die Ärzte haben Erfahrung mit dem Tod. Sie wissen, dass Kinder sterben. Für uns ist es undenkbar, wir glauben es nicht.

Ich wünsche mir Ärzte, die ihre Erfahrung nutzen. Natürlich sollen sie uns nicht unnötig ängstigen, aber wenn sie glauben, dass mein Kind stirbt, will ich das wissen. Dann wünsche ich mir Ärzte, die mir klar machen, wie es um mein Kind steht. Die Sätze sagen, die ich verstehe. Die behutsam – zu all ihrem Unwissen, zu aller Unbestimmtheit stehend – meinen Blick festhalten und dann das Wort »sterben« aussprechen.

Alle Waffen gestreckt

Das fällt mir ein, als ich Sofies glühenden Körper anfasse.

»Sind Sie nicht wütend auf das Kind?«, hat die Psychologin gefragt. Wütend auf Sofie? Ungläubig habe ich den Kopf geschüttelt. Immer wollen sie, dass man wütend ist, diese Psychologen, sie verstehen nicht, dass ihre Gesetze am Bett des schwerkranken Kindes nicht gültig sind. Dass alle Waffen gestreckt sind … Dass ich hilflos dastehe vor etwas, das ich *Schicksal* nenne und nur noch selten beschwöre.

Schafft Sofie es?

Stirbt sie?

Wie alt wird sie, wie viel Zeit bleibt?

Eine Ärztin kommt: »Wahrscheinlich müssen wir heute Nacht beatmen.« Sofie ist weit weg, meine Hand liegt auf ihrem Bauch. Eine Schwester schickt mich raus. Es regnet, ich setze mich ins Auto. Es wird dunkel, Schirme und Scheinwerfer gleiten vorbei. Kalt. Ich ziehe die Decke vom Sitz, wickele mich ein und drehe das Radio an. Ein Beitrag über plastische Chirurgie an Unikliniken. Tag der offenen Tür für Frauen jeden Alters.

»Ich hab jetzt mit 71 Jahren einen Hängebusen. Das gefällt mir nicht«, sagt eine Dame drohend. Eine 69-Jährige will sich Speckfalten in der Taille wegmachen lassen. »Die möchte ich meinem Partner nicht zumuten.« Dann flötet eine Stimme »Ich bin 70 und immer noch eitel. Und ich hoffe…«

Ich drehe ihr den Ton ab und lehne den Kopf an die Scheibe. Regen schlägt gegen die Scheibe und ein nasses Rinnsal entschärft die Welt.

Reisen

Es ist Sommer, und wir fahren gen Süden. Es ist wunderschön, abends das Auto einzuräumen, die Kiste mit den Bilderbüchern für Sofie, die Comics und Cassetten für Max. Nachts heben wir Sofie aus dem Bett, tragen sie zum Auto, wickeln sie in die Decke. »Schlaf, Maus.« Max fühlt sich angesprochen und schläft sofort ein, doch Sofie sitzt mit weit offenen Augen im Dunkeln.

Ludger macht leise Musik an. Es ist schön, nachts auf leeren Straßen gen Süden zu fahren. Ich setze den Blinker und nehme die Auffahrt zur Autobahn. Sofie fragt: »Sind wir in Frankreich?«

Im Süden ist es warm, und es blüht in allen Farben. Trotz Sofies Krankheiten sind wir viel gereist. Wir waren oft in Frankreich, wir waren in Schweden, in Portugal. Sofie hat sich an blühenden Mandelbäumen und blauen Himmeln erfreut, an Wasserfällen, französischen Straßencafés, tröpfelnden Brunnen, Hunden, die faul in der Sonne lagen, an bunten Märkten und ausgewaschenen Hussbecken mit glänzenden Steinen.

Dieses Mal bleiben wir in einer Anlage am Tarn mit Bungalows, Schwimmbad, Pferden und Katzen. Es gibt viele Kinder da, Sofie ist begeistert, und dass das Mädchen von nebenan eine andere Sprache spricht, scheint sie nicht zu stören.

»Mathilde«, ruft sie, »kommst du, Mathilde?« Strahlend rollt sie davon. Ihre unverbrüchliche Gewissheit, dass das ein guter Tag wird.

Max läuft mit den anderen Jungen herum und spricht französisch und englisch, Ludger und ich spielen Tischtennis.

Jeden Tag gehen wir schwimmen. Sofie lehnt in ihrem Schwimmreif, lässt sich treiben, wirft Bälle, spricht Kinder an.

»Zieh mich«, sagt sie, ihre Lippen sind blau.

Im Abendlicht spielen die Männer mit den Jungs Fußball. Die Frauen und Mädchen sitzen am Rand der Wiese und sehen ihnen zu. Sofie ist begeistert und will nicht ins Bett.

»Es ist spät, Maus«, sage ich.

»Noch nicht, Mama. Bring mich noch mal zu den kleinen Katzen! Bitte! Nur noch einmal!«

»Na gut.«

Ich lache und trage sie durch den Abend.

Sofies Fragen

Seit sie im Kindergarten ist, stellt Sofie andere Fragen.

»Kann ich später mal laufen?«, fragt sie, und es hört sich an, als wolle sie wissen, ob ihr Haar dunkler wird.

»Nein«, sage ich. »Du wirst im Rollstuhl sitzen wie jetzt.«

Sie nickt und sagt fordernd: »Aber ich will mal auf einen Baum klettern und auf einen Berg.«

Eines Tages nach dem Baden sagt sie: »Ich will auf der Toilette Pipi machen.«

Ich hebe sie auf die Toilette und halte sie.

»Das reicht«, sagt sie, »und jetzt katheterisieren.«

Scham zeigt Sofie nur an einer Stelle. »Habe ich in die Hose gemacht?«, fragt sie manchmal, wenn wir unterwegs sind.

Ich nehme sie in den Arm. »Nein, du hast nicht in die Hose gemacht. Aber auch wenn du in die Hose machst, ist es nicht schlimm.«

Sofie nickt, doch beim nächsten Mal fragt sie wieder: »Habe ich in die Hose gemacht?«

Eine Freundin ist zu Besuch. Sofie schmust mit mir und sagt mir, wie lieb sie mich hat. Als sie zu ihrem Spieltisch rollt, sagt die Freundin: »Also, was Gefühlsäußerungen angeht, ist Sofie wirklich nicht behindert.«

Da kommt Sofie angerollt. »Doch«, ruft sie, sie klingt ziemlich empört, »doch, ich bin behindert.«

Jetzt reicht's!

Sofie wird selten wütend. Ein Heilpädagoge hat erwähnt, dass Spina-Kinder oft harmoniesüchtig wären, weil sie sich ihrer Abhängigkeit von den Erwachsenen sehr bewusst seien. Ich weiß nicht, ob das zutrifft, ich kenne Jugendliche mit Spina bifida, die ihre Kämpfe durchaus auszutragen scheinen, aber Sofie streitet wirklich nicht gerne, und sie wird selten wütend.

»Der ärgert«, sagt sie über einen Jungen aus ihrer Gruppe.

»Du musst dich wehren«, sage ich und übe mit ihr Sätze ein.

»Lass das! Geh weg! Lass mich in Ruhe!«, spricht sie mir nach, aber sie sagt es halbherzig, so wird sie niemanden überzeugen.

Auch das ganze Warten, Operieren, Behandeln erträgt sie geduldig, nur einmal in der Pädaudiologie flippt sie aus. Die junge Ärztin macht eine Anamnese bis in die dritte Generation, dann müssen wir wieder stundenlang warten. Sofie ist ungeduldig, eine Freundin will zu ihr kommen.

»Mama, wie lange dauert das noch?«

Ich frage nach, doch es dauert und dauert.

»Du«, sage ich, »ich glaube heute wird das nichts mehr mit der Verabredung. Wir rufen Jacqueline an, dass es nicht klappt.« Da wird sie wütend. Sie schiebt die Lippe vor und fängt an zu schreien: »Nein, ich will aber, dass die kommt. Wir haben das abgemacht, ich muss jetzt nach Hause!«

Sie sieht mich an und weint bitterlich.

Ich fühle mich hilflos, sie hat ja so recht.

Wie viel Zeit hat sie in ihrem Leben?

Und wie viele Stunden, Wochen, Monate davon hat sie schon in Wartezimmern verbracht?

Ein guter Herbst

Es ist ein guter Herbst. Ich habe aufgehört zu arbeiten, und Sofie ist nicht krank. Der Himmel ist blau, und wir haben alle Zeit der Welt. Ich sitze auf dem Balkon, die Sonne wärmt mein Gesicht. Sofie steht in den Orthesen am Tisch und spielt mit Jacqueline. Sie spielen Vater-Mutter-Kind, ich höre sie lachen. Gleich werden wir Kuchen essen, dann können die Kinder weiterspielen, und ich werde mich in die Küche setzen und lesen.

Wir gehen spazieren, treten auf gelbrote Blätter. Die Sonne fällt durch den Herbstwald, das immerwährende Rauschen des Bachs lässt von aller Geschäftigkeit absehen. Als wir im Tal ankommen, bittet Sofie mich, Steine zu sammeln. Sie will das Brückenspiel spielen. Ludger hält sie auf dem Geländer, ihre kleinen Füße schweben über dem sprudelnden Bach. Ich reiche ihr Steine, sie wirft sie lachend ins Wasser. Zum Schluss gebe ich ihr einen langen Stock, und als Sofie ihn hinabgeworfen hat, trägt Ludger sie schnell zur anderen Seite der Brücke. Das Holz treibt unter der Brücke hervor. »Da kommt es«, ruft Sofie, und wir sehen zu, wie es nass glänzend verschwindet.

Wir gehen durch die Felder, der Wind pfeift, ich schiebe den Rollstuhl. »Was machen die da?«, fragt Sofie und zeigt auf den Mast, auf dem Scharen von Krähen sitzen.

»Sie sammeln sich zum Schlafengehen«, sage ich.

Blätter wirbeln, wehen Sofie ins Gesicht. Sie hält ein Ahornblatt fest. »Hahaha, der Herbst ist da«, es klingt wie ein Lied. Sofie hat noch nie gesungen.

»Ist das ein Lied aus dem Kindergarten?«, frage ich.

Sofie nickt, doch sie will nicht mehr singen.

Ein paar Tage später hole ich sie vom Bus ab. »Sankt Martin, Sankt Martin«, singt sie.

»Sofie, du singst ja«, ich kann es nicht fassen.

»Ritt durch Schnee und Wind«, singt sie. Ich katheterisiere sie und danach singen wir Sankt Martin, Pippi, Heidi, Schlaf Anne. Dann kaufe ich ihr ein Liederbuch, und wir singen, Sofie will jeden Tag singen.

»Singst du im Kindergarten auch?«, frage ich.

Sie schüttelt den Kopf.

Jahreswechsel

Kurz vor Weihnachten gehen wir in die Bücherei.

»Ich such mir ein Buch aus«, sagt Sofie und verschwindet in der Kinderabteilung. Bald höre ich sie rufen: »Komm Mama, ich hab eins gefunden.«

Wir stehen an der Ausleihtheke, es geht langsam voran. Sofie rollt an den Schaukästen vorbei und sieht sich die Ausstellung mit den Weihnachtsfiguren aus verschiedenen Ländern an.

»Halloo, hallloo«, ruft sie dann, bis die Frau an der Theke den Kopf hebt. »Hallo, kann man die Figuren auch ausleihen?«

Im Spielzugladen entdeckt Sofie eine Playmoschachtel.

»Mama, ein Krankenbaby«, sagt sie, »darf ich das haben?«

Zu Hause legt sie das Püppchen behutsam ins Bett und stellt die Krankenschwester daneben.

»Du brauchst einen Zugang, nicht weinen, ich mache ihn am Fuß, dann merkst du es nicht!«

»Ich will jetzt ins Spielzimmer«, sagt das Püppchen mit piepsiger Stimme.

»Erst nimmst du die Medizin«, antwortet eine dunklere Stimme. »Aber dann, dann darfst du ins Spielzimmer.«

Januar. Ich schiebe den Rollstuhl durch den Schnee.

Es ist ein kalter, fester Tag, und der Schnee im Tal liegt noch jung und unberührt da. Der vereiste Fluss, die schneeweißen Bäume, es ist schön, ich könnte ewig so gehen. Sofie ist ungewohnt still. Reglos sitzt sie in der grünen Jacke, die blaue Decke um die Beine gewickelt, die kleinen Hände in den Schoß gelegt.

»Guck mal, wie schön«, sage ich und zeige auf die glitzernden Sträucher. Sofie schweigt. Sie sieht traurig aus.

Ich frage mich, ob sie krank wird, und lege sie abends früh hin. Ich reibe ihre Beine, lese ihr vor und lege mich zu ihr ins Bett. Wir sehen in den Himmel. Sofie zeigt auf die leuchtenden Wolken. »Schade, dass man den Himmel nicht greifen kann!«

Sternstunde

Sofie wünscht sich, dass wir noch ein Kind bekommen.

Sie will eine kleine Schwester, träumt davon, sie zu streicheln und ihr zu trinken zu geben. Als wir ihr sagen, dass das nicht geht, weil wir uns nicht um ein Baby kümmern können, wenn sie ins Krankenhaus muss, sucht sie andere Wege, an Babys zu kommen. Sie fragt Regina, ob sie nicht ein Baby kriegen kann, sie fragt Jeanette, Doris, doch niemand will ihr diesen Wunsch so schnell erfüllen. So bleibt ihr nichts anderes übrig, als sich an die Babys zu halten, die sie im Krankenhaus und beim Kinderarzt trifft. Wenn sie einen Kinderwagen entdeckt, rollt sie darauf zu und fragt: »Darf ich mal gucken?«

»Natürlich«, sagen die Eltern und kippen den Kinderwagen leicht, damit Sofie hineingucken kann.

Als sie eines Tages beim Kinderarzt eine äußerst entspannte Frau anspricht, deren Baby mal gerade fünf Tage alt ist, fragt diese: »Wie heißt du denn?«

»Sofie.«

»Und du magst Babys?«

Die Frau nimmt das Neugeborene aus dem Wagen und hält es Sofie hin. »Willst du es mal in den Arm nehmen?«

Sie legt Sofie das Kind in die Arme. Selig lächelnd starrt Sofie auf das Wesen auf ihrem Schoß. Andächtig fährt sie mit der Hand über den hellen Haarflaum des Babys.

»Jetzt hat meine Clara schon eine große Freundin gefunden«, sagt die Frau.

Sofie nickt entrückt.

Es ist eine Sternstunde.

Epikrise

Die USA greifen den Irak an, und am zweiten Kriegstag steigt der DAX wieder an. Max sitzt vor dem Fernseher und zählt Demonstranten. »Mama, in Rom war eine Million auf der Straße, in Madrid …« Wir nehmen Sofie mit zur Antikriegsdemo. Auf dem Weg hält Ludger an einer Tankstelle. Während er tankt, fragt Sofie: »Wo ist denn dem seine Frau? Ist die im Krieg umgekommen?«

»Wie bitte?« Ich habe keine Ahnung, wovon sie spricht.

»Da«, Sofie zeigte auf einen Mann in einer beigen Jacke, der gerade den Reifendruck prüft. »Dem seine Frau. Im Auto ist die auch nicht. Ist die im Krieg umgekommen?«

»Sofie«, sage ich erschüttert.

Vielleicht hätten wir sie doch nicht mitnehmen sollen.

Sofie verteilt Einladungen für ihren fünften Geburtstag.

Kurz darauf wird sie krank und liegt still im Wohnzimmer.

»Mal mir eine Katze, Papa.«

Ludger malt eine Katze mit einem buschigen Schwanz. Sofie hält das Bild fest und lächelt matt. Wir legen sie hin. Wieder eine schlaflose Nacht mit schlechten Sättigungswerten. Sofie trägt die Nasenbrille, wir geben ihr Sauerstoff.

Und dann wird es uns zu gefährlich, dann geht wieder alles ganz schnell. Der Rettungswagen fährt mit Blaulicht durch die Nacht. Es ist wie im Film.

Warum lächelt der Arzt nur die ganze Zeit?

»Mama, haben wir den Rolli mit?«, fragt Sofie nach Luft ringend.

»Papa bringt ihn später«, sage ich und streichele ihre Hand.

»Nicht später, Mama. Nicht später!«

Die Ärztin in der Notaufnahme schickt uns auf die Intensivstation.

»Ich habe Hunger«, Sofie will ein Wurstbrot.

»Na, du bist ja noch ganz fidel für die Intensivstation«, sagt der junge Arzt.

»Es geht ihr schlecht«, sage ich. »Sie braucht Infusionen.«

Das Wurstbrot kommt nicht, sie vergessen es in dem Treiben.

»Mama«, sagt Sofie, »zum Frühstück will ich ein Schokocroissant.«

»Wir müssen sie beatmen«, sagt der Arzt morgens früh.

»Gibt es keine andere Möglichkeit?«, frage ich.

Als er den Kopf schüttelt, nehme ich Sofie in den Arm.

»Du wirst jetzt beatmet. Das kennst du ja schon. Erschrick nicht, wenn du wach wirst.«

Sofie umklammert meine Hand. »Geh nicht weg, Mama!«

Dann kommt der Tubus.

An ihrem Geburtstag stehen Max, Ludger und ich um ihr Bett und singen ihr leise ein Lied. Sofie liegt da, sediert und beatmet.

Die nächsten zwei Tage sitze ich flüsternd an ihrem Bett. Der Professor kommt, wirft mir einen beschwörenden Blick zu und murmelt: »Die Lage ist ernst.«

Ich nicke, doch ich kann die Worte nicht greifen.

Dann plötzliche Hektik, schlechte Werte, Pneumothorax, Ärzte laufen und schaffen Geräte herbei.

»Wir versuchen es mit Drainagen. Sie müssen ins Elternzimmer.«

Jemand schiebt mich aus dem Raum. Ich drehe mich um. Sofie. Grüne Kittel über das Kind gebeugt.

Dann sitze ich in dem kleinen Raum.

Sitze, stehe auf, gehe, setze mich.

Wenn sie jetzt stirbt, jetzt, wo die Ärzte in sie stechen, jetzt, wo wir nicht bei ihr sind.

Mir wird schlecht. Luft. Kein Fenster zu öffnen.

Ich schlage gegen die Wand.

Fünf Schritte nach rechts, fünf nach links. Irgendwann steckt eine Schwester den Kopf zur Tür rein. »Wenn Sie jemanden anrufen möchten?«

Ich sehe sie verständnislos an. Warum hilft mir denn niemand?

Dann endlich kommt Ludger. Verstört, ungläubig greift er meine Hand. Nach einer Ewigkeit taucht der Arzt auf. Er sagt: »Wir haben alles getan, aber wir wissen nicht, ob sie es schafft.«

»Ich will zu ihr«, schluchze ich. »Wenn sie stirbt. Wenn sie jetzt stirbt und wir sind nicht bei ihr.«

Dann dürfen wir endlich zu ihr. Ludger hat noch Hoffnung, er spricht mit dem Arzt, fragt nach weiteren Möglichkeiten.

»Geht ihr raus?«, frage ich, ich habe kein *Sie* und kein *Bitte* mehr.

Du bist weit weg, und dich schließt ein Schweigen ein, das mir zeigt, dass es nichts mehr zu kämpfen gibt.

Ich trete an dein Bett, lehne mich über dich, nehme dich in den Arm und sage: »Du warst mir eine Freude, wenn du willst, darfst du gehen.«

Ludger kommt. Er kann nicht glauben, was hier geschieht.

Starr stellt er sich an die andere Seite des Bettes, verabschiedet sich, und dann singen wir.

Das Sterben dauert Stunden.

»Hängen Sie die Maschinen zu! Ich will nicht zusehen, wie diese Zahlen immer weiter auf Null runtergehen. Ich will ganz bei Sofie sein«, sage ich.

»Aber …«, der Arzt ist unsicher, doch die Schwester nickt und deckt den Monitor ab.

Wir singen Sankt Martin, Pippi, Schlaf Anne, und dann fangen wir wieder von vorne an.

Unsere Hände streicheln Sofie.

Sofie, die ganz lautlos verlöscht.

Jene erste Nacht

Stille.
Ich bin allein auf der Welt.
Der Tod klingt wie eine fast lautlos schwingende Stimmgabel.
Frierend laufe ich durchs Haus, stelle Fotos auf, zünde Kerzen an, bleibe vor deinem Tisch stehen, stoße stumm die Gartentür auf. Der erste Vogel ruft.
Sein Gesang ist dunkel und ausweglos klar.
Du bist tot. Die Zeit wird nicht aussetzen.
Ich drehe mich um, gehe in die Küche, trete ans Fenster und warte, bis im Osten der Himmel entbrennt.

Du entfernst dich so schnell
Längst vorüber den Säulen des Herakles
Auf dem Rücken von niemals
Geloteten Meeren Unter Bahnen von niemals
Berechneten Sternen
Marie Luise Kaschnitz

Dein Schweigen

Die Pathologie liegt zwei Ebenen unter der Erde.

»Ich sag Bescheid«, sagt die Frau in der Anmeldezelle. Warum Bescheid? Was machen die mit dem Kind?

»Komm!« Ludger zieht mich weiter.

Sie haben Sofie in einem kleinen Raum aufgebahrt.

Graue Plastikdecke, grauer Vorhang, die Kerze brennt nicht. Sofie liegt da, wächsern und fern. Ich strecke die Hand nach ihr aus, sie ist kalt, viel zu kalt.

Kühlschublade.

»Sie muss mit nach Hause«, sagt Ludger. »Wir müssen sie nach Hause holen.«

Am frühen Abend liegt Sofie zu Hause im Bett. Sie ist noch mal heimgekommen, und unter ihrer grünen Decke mit den weißen Katzen sieht sie friedlicher aus und wieder mehr wie Sofie.

Ich sitze bei ihr, jemand hat das Fenster geöffnet und eine Decke um mich gewickelt. Freunde kommen, bringen Kerzen und Blumen, nehmen Abschied von unserm Kind.

Ich sitze und warte. Irgendwann zünde ich eine Kerze an und kämme Sofies blondes Haar noch einmal.

Leute rufen an, suchen nach Worten. Manche sagen: »Vielleicht ist es besser so. Jetzt ist sie erlöst.«

Ich stehe waidwund, sanft nimmt mir jemand den Hörer ab.

»Du gehst nicht mehr ran jetzt.«

Das Telefon klingelt unaufhörlich, Doris hebt ab, manchmal senkt sie die Stimme.

»Wieder jemand von Erlösung gesprochen?«, fragt Ludger und legt seufzend den Katalog mit den Särgen beiseite.

Dann kommt die Beerdigung. Alle weinen. Nur wir nicht.

Eltern ziehen an mir vorbei, drücken mich, sagen Worte, doch was zu mir durchdringt, ist das Geflüster der Kinder.

»Katheterisieren die Engel Sofie im Himmel? Braucht die da ihren Rolli nicht? Feiert die jetzt dort Geburtstag?«

Und dann liegt mein Kind in der Erde.

Nie wieder, denke ich die ganze Zeit. Nie wieder.

Ich gehe ständig zum Friedhof, und jedes Mal, bevor ich um die Ecke zu den Kindergräbern biege, weiß ich nicht, ob es das Grab wirklich gibt.

Ich sehe in den Himmel, suche nach Lichtern, suche Sofie.

Wenn es regnet, halte ich den Schirm übers Grab, wenn die Sonne knallt, werfe ich Schatten, doch es ist alles vergebens:

Ich kann mein Kind nicht mehr schützen.

Es ist ein Schock, dass es die Nachbarskatze noch gibt, den schwarzen BMW von gegenüber und die Neonreklame am Matratzengeschäft.

Matratzen supergünstig.

Das Leben geht weiter, doch ich bin ihm nicht mehr verhaftet.

»Wo die Liebe ist, ist das Auge«, lese ich und versuche verzweifelt zu sehen, nachzusehen, wo das Kind hin ist. Kein Ort, kein Zeichen, Abriss für immer.

Die Welt gleitet an mir vorbei, und Max schwenkt die Zeitung vor meiner Nase: »Eh! Hast du gehört? Der Krieg im Irak ist vorbei. Mama, du kriegst gar nichts mehr mit!«

Ich bin weggedriftet, weit weg, auch Ludger ist fern.

Er ist zu einem Mann geworden, der zur Arbeit geht, irgendwo im Haus telefoniert und in der Küche mit Töpfen klappert. Manchmal gehen wir zusammen zum Friedhof, ich pflanze Blumen, und er hebt die Blätter vom Grab.

Irgendwann fahre ich zur Klinik. An der Leitstelle steht ein Kinderarzt. Als er mich sieht, zuckt er zusammen, senkt den Blick und geht weg. Hat er mich nicht gesehen? Er weiß doch, dass Sofie gestorben ist. Warum sagt er denn nichts, warum fragt er nicht, wie es mir geht? Ich starre auf seinen Rücken, seine Flucht brennt wie Verrat.

Zwei Flure weiter kommt ein anderer Arzt mit ausgestreckten Händen auf mich zu. »Es tut mir so leid.« Er sieht mich an und drückt meine Hand. Mir schießen Tränen in die Augen, ich werde ihm nie vergessen, dass er nicht zurückgezuckt ist.

Ich weiß nicht, warum die Anteilnahme der Ärzte so wesentlich ist. Vielleicht, weil wir unser Kind in ihre Obhut gegeben haben, vielleicht, weil sie mit uns um sein Leben gekämpft haben. Es ist eine Art Bündnis, und es schmerzt, wenn ein Partner lautlos aus diesem Bündnis austritt. Uns ist es wichtig, dieses Bündnis gemeinsam zu beenden, noch ein paar Worte zu wechseln über das Sterben und den Tod unseres Kindes. Uns ist es wichtig zu spüren, dass unser Verlust an unserem Partner nicht spurlos vorübergeht.

Ein befreundeter Arzt, dem ich meine Gedanken erzähle, sagt: »Du, wenn uns im OP ein Kind stirbt, schlucken wir alle.«

Ich brauche die Anteilnahme der Ärzte.

Aber muss ich in OPs eindringen, um ihr Schlucken zu spüren?

Im Zug sitze ich entgegen der Fahrtrichtung. Vor dem grauen Himmel hebt und senkt sich eine schwarze Leitung, die zurückgelassene Landschaft dahinter verschwimmt zu einer flimmernden Linie. Ich denke: Wenn mein Leben eine lange Linie ist, ist Sofies Leben nur ein winziger Strich darauf, und dieser Strich gleitet unaufhaltsam weiter weg. Ich schließe die Augen, die Vorstellung ist unerträglich.

Als ich nach Hause komme, gehe ich in die Küche und streiche Neujahr im Kalender. Es gibt keinen ersten Januar mehr, ich will nicht, dass ein Jahr anfängt, in dem es Sofie nie gegeben hat.

Ich bin dankbar, als der Sommer vorbei ist. An einem stürmischen Abend gehen wir schweigend zum Friedhof. Die Gräber liegen verlassen da, endlich ist hier mal niemand, der gießt und scharrt. Krähen lärmen, der Wind pfeift zwischen den Bäumen, wir knien uns hin, zünden die Leuchte an und heben Blätter vom Grab. Der Wind weht neue Blätter, und wir heben sie auf.

»Daß die Toten schneller reisen als alle Raketen, stellt sich heraus, ich erreiche den Toten nicht, finde ihn nirgends, muß umkehren oder werde umgekehrt, ehe mich der Atem verläßt.«

Marie Luise Kaschnitz

Der Trost der Bäume

Früher, als Flüchtlinge mich in ihre kargen Zimmer einluden, wo sie, mit winzigen Teegläsern über alte Recorder gebeugt, Cassetten mit den Stimmen ihrer Eltern abspielten, sah ich, dass es gut ist, Heimat in sich zu tragen. Doch es war ein Gedanke, der sich rasch verlor, denn damals war ich an tausend Orten zu Hause.

Im Sommer legte ich mich abends manchmal auf den Pfad zum Steinbruch, und über mir spannte sich der Himmel wie ein glitzernder Schirm. Ich kam mir winzig vor, wie ein Quäntchen Energie, ein Fitzelchen Zeit in der Ewigkeit, und wenn die Lichter einer großen Maschine über den Südhimmel blinkten, stellte ich mir die Menschen vor, die auf dem Weg von irgendwo nach irgendwo durch die Nacht flogen, und ich fühlte mich ihnen nah, völlig unbegründet nah.

Am Feuer war ich zu Hause und unter der Esche mit dem Buch in der Hand, an sprudelnden Bächen, in Tälern, in Beethoven, im Tanz und beim Lesen mit meinen Kindern. Auch beim Wandern, im Wald und am Meer natürlich, am offenen Meer. Morgens war ich im Maiwald zu Hause, mittags im Schatten der Esche, abends am See und nachts unterm Himmel, der sich über Bäume und Buchten bog.

Damals passte der Himmel genau.

Seit du tot bist, ist er fürchterlich weit.

Mit weit aufgerissenen Augen renne ich auf unsichtbaren Kanten und starre in dieses gewaltige Schweigen.

Liebe hält in der Welt, doch meine Liebe baut Brücken ins Leere. Die Welt ist ein Ort eisiger Zufälle, und selbst der Mond und die Sterne sehen ungastlich aus. Die Welt ist der Ort, an dem du nicht mehr bist, und ich falle aus ihr und treibe rastlos umher.

Ein Meter Kindergrab, deine Kleider, deine Bücher – grausam mager, was die Welt mir an Heimat noch bietet.

Unter erbarmungslos blauen Himmeln stehe ich an Gräbern und lerne die Toten kennen. Bald kenne ich andere tote Kinder, manche leben in meiner Vorstellung, ich sehe sie mit roten Schubkarren unter dem Tannenbaum stehen.

Liebe ist stärker als der Tod, sagen die Leute, geschäftig die Gießkannen schwenkend. Ich weiche ihrem Blick aus, denn der Tod ist gewaltig und meine Liebe so grausam abstrakt.

Morgens, mittags und abends stehe ich am Grab. Der Frühling quält, der Sommer verstößt mich, und wenn ich Musik und Lachen in Gärten höre, wächst mein Schweigen ins Unermessliche.

An undenkbaren Orten suche ich dich, und während mein Herz im Kosmos herumirrt, finden meine Füße Halt auf welkendem Laub. Der Herbst wird mir teuer, denn die Blätter fallen in diesem Jahr alle für mich. All diese sterbenden Blätter, die sich vor meine Füße legen und mir einen Weg zu dir bauen.

Die Zukunft wird zu einer Last aus Zeit ohne dich, und ich packe die Vergangenheit und klammere mich fest. Doch Erinnerung ist Abglanz, und dein ewig starres Lächeln kommt mir bald wie eine Fratze vor. Verbissen kämpfe ich gegen das Vergessen, jeden Happen Erinnerung will ich ihm entreißen. Ich forsche, frage, suche, wühle, sammle, laufe, schreibe – bis ich es endlich aufgeben kann.

Im Herbst natürlich, im Sommer hätte ich nie aufgeben können, aber an einem Oktoberabend, als die letzten Sonnenstrahlen dein Grab abtasten, setze ich mich auf die Bank und hebe die Arme.

Geh, ich kann dich nicht halten, schon sehe ich dich nicht mehr lächeln, schon ist mir entfallen, wie dünn deine Arme sich angefühlt haben. Die Erinnerung wird weiter verschwimmen, es wird kaum noch jemand deinen Namen aussprechen, es werden keine Leute mehr zu deinem Grab gehen, du wirst deinen Platz in der Welt verlieren, es gibt so wenig Neues über die Toten zu sagen.

Tauben flattern über mich hinweg, die Gänseblümchen auf deinem Grab hätten dir gefallen, und die Katze, die sich auf ihnen putzt, hätte dich sofort zum Lachen gebracht. Sie zerdrückt die Blumen und wälzt alles platt, doch ich sehe ihr zu und rühre mich nicht.

Die Gewissheit, dass etwas bleibt, muss schon länger da sein, ich habe nicht gespürt, wie sie gewachsen ist, doch plötzlich weiß ich, dass ich dich finden werde, manchmal, wenn ich hinabsteige und die Tür zu jener ortlosen Kammer aufstoße. In ihrer schattigen Stille werde ich zu Hause sein, aber auch unter der Esche und am See im Spätsommerlicht.

Nachwort

Sieben Jahre später.

Ein blauer Wintertag. Im Radio sagt ein Mann, der ohne Arme und Beine geboren ist, dass er ein gutes Leben führe. Eins, das *es wert sei, gelebt zu werden.*

Der Moderator meint zu seinem Studiogast, dass dieser heute wahrscheinlich nicht mehr geboren würde. *Wegen des Ultraschalls.* Ich trete ans Fenster. Draußen picken Meisen Körner in der Sonne. Warum müssen Menschen mit Behinderung immer glücklich sein? Die ohne Behinderung sind es doch auch nicht. Ich weiß, die Praxis der Pränataldiagnostik (PND) setzt Behinderung allzu oft mit vermeidbarem Leid gleich, und ich kenne den Drang, dagegen anzudiskutieren. Aber ich will es nicht mehr. Menschen mit Behinderungen müssen nicht glücklich sein. Sie müssen auch nicht besonders sein. Sie sind Menschen.

Sofie ist nun 10 Jahre tot. Ich schreibe, füttere Vögel, reche Blätter vom Rasen. Ich spiele Karten, fahre in Urlaub, wir haben ein Kind angenommen. Ich lebe Alltag. Manchmal kann ich es nicht fassen. Denn ein Kind zu verlieren ist: Wie aus der Welt zu stürzen. Sehnsucht, Verzweiflung, Verlorenheit überwältigen uns, wenn wir jeden Tag aufs Neue begreifen, unser Kind ist gestorben, und es kommt niemals wieder.

Die Endgültigkeit dieses Verlusts ist unfassbar, und für mich war es undenkbar, je wieder gerne zu leben. Doch das tue ich, ich stehe wieder im Leben. Dabei kann ich nicht sagen, »Ja, es war ihre Zeit«, oder »Ich weiß um den Sinn«, nein, ich habe in das Schweigen gestarrt, ohne Antwort zu finden.

Ich konnte nicht ergründen, was Tod ist, ich fand keine Antwort auf die jahrelang alles bestimmende Frage, ob es mein Kind noch gibt und ich es je wiederfinde. Doch die Frage hat an Gewicht verloren. Ich habe gelernt, mit ihr zu leben. Dies geht, weil ich Sofie in mir spüre, weil sie ein Teil von mir ist. Aber es braucht Zeit, Raum für Trauer und Beistand, um dahin zu kommen. Um spüren zu können: Ich kann an meinem Verlust nichts ändern, doch ich kann entscheiden, wie ich mit ihm leben will.

Was hat geholfen? Eine *Reha-Maßnahme für verwaiste Familien*, in der wir an Leib und Seele umsorgt wurden und mit anderen betroffenen Eltern sprachen, weinten und lachten. Ja lachten, dort konnten wir lachen, weil auch der Schmerz seinen Raum hatte. Nur wenige Menschen können nachvollziehen, was es heißt, ein Kind zu verlieren. Deshalb half uns der Kontakt zu anderen Betroffenen. Sie wussten, wie der Geburtstag des verstorbenen Kindes sich anfühlt, sie konnten den Bruch im Erleben der Welt verstehen. Vor allem als die Menschen in unserem Umfeld nicht mehr über Sofie sprachen, waren uns die Treffen mit diesen Eltern eine große Hilfe. Sie fragten weiter nach Sofie, sie boten unserer umherirrenden Liebe einen Platz an. Der Tod unserer Kinder hat ein Band zwischen uns geknüpft. Wir treffen uns auch heute noch manchmal und essen und reden und lachen zusammen. Über unsere verstorbenen Kinder sprechen wir dabei kaum noch. Das müssen wir auch nicht, denn sie sind für immer Teil unserer Runde.

Am meisten half, wenn Freunde und Verwandte auf unseren Schmerz zugingen. Wenn sie uns weiter Sofies Eltern sein ließen. Redend, schweigend, Menschen trauern verschieden. Einer malt, der andere klettert. Musik, Natur, Philosophie, Schwimmen, die Seele weiß, was ihr gut tut. Ein Vater, der nach dem Tod seiner Tochter gleich wieder arbeitete, meinte, »Ich hätte Zeit gebraucht. Zeit.« Ich hatte Zeit, doch ich fand mich nicht mehr zurecht in der Welt. Meine Sehnsucht war so gewaltig, dass ich mich allen Ernstes fragte, ob ich nicht zu einem Punkt im All gelangen könne, von dem aus ich in die Vergangenheit und Sofie leben sehen könnte. Da dies nicht möglich war, fing ich an zu schreiben. Schreibend konnte ich Sofie noch mal lachen lassen. Und schreibend konnte ich mich wehren.

»Hätte man *das* nicht verhindern können?« Die Frage war mir als Mutter eines gelähmten Kindes öfter gestellt worden, und mit meinem Buch wollte ich sie beantworten. Oder besser gesagt *zurück fragen,* zurück fragen in unsere Gesellschaft, in der Ungeborene mit Behinderung systematisch aussortiert werden. Als mir in der 23. Schwangerschaftswoche gesagt wurde, meine Tochter sei behindert, habe ich unter der pränatalen Diagnose sehr gelitten, und die Art ihrer Übermittlung empfand ich als Angriff. Diese unausgesprochene Überzeugung des Arztes, dass es nur einen Weg gab. In dieser absolut existentiellen Lebenssituation fühlte ich mich von diesem Arzt so allein gelassen und seiner »geballten Fehlbildungskompetenz« hilflos ausgeliefert. Schlimm war, dass er mich nicht ansah. Schlimmer das Gefühl, dass mein Kind kein Mensch mehr für ihn war.

Ich habe lange darüber nachgedacht, warum ich mich damals so erschüttern ließ, aber Ärzte haben große Macht in diesen Situationen, denn ihre Haltung wird sich – auch unabhängig von dem, was sie explizit sagen – der Schwangeren übermitteln. Da es hier aber um Entscheidungen über Leben und Tod geht, ist es legitim, Ärzten abzuverlangen, sich intensiv mit der ethischen Dimension ihres Handelns auseinanderzusetzen und ihre Einstellung zu Menschen mit Behinderungen auf den Prüfstand zu stellen. Dies bedeutet, dass sie sich ein Bild davon machen, auf welch vielfältige Weise Kinder mit Behinderungen leben. Dass sie anerkennen, dass viele Eltern und Geschwister gerne mit diesen Kindern leben. Ich glaube, nur wenn Ärzte sich dieser Erfahrung öffnen, können sie verinnerlichen: »Ich sehe die Fehlbildung, aber es kann damit Zukunft geben.«

Als ich mit Sofie schwanger war, waren Spätabbrüche nach der Diagnose einer Behinderung gängige leise Praxis. Fragwürdig fand ich, dass von »selbstbestimmter Entscheidung« gesprochen wurde, die PND aber auf eine nur schwer durchschaubare Weise mit der Schwangerschaftsvorsorge verquickt war. Meist ließen Frauen Untersuchungen durchführen, um sich bestätigen zu lassen, dass *alles in Ordnung* ist, wurden unvorbereitet von Diagnosen getroffen und in Situationen des Schocks zur raschen Entscheidung gedrängt. Frauen gingen also zur *Vorsorge* und gerieten in Abläufe, in denen sie das Gefühl hatten, nicht mehr handeln zu können.

Seit 2010 sind Ärzte, die Fehlbildungen diagnostizieren, nun gesetzlich verpflichtet, schwangere Frauen »ergebnisoffen« über die damit verbundenen medizinischen und psychosozialen Aspekte und Möglichkeiten der Unterstützung zu beraten. Zudem wurde das psychosoziale Beratungsangebot zur Pränataldiagnostik ausgebaut. Diese Veränderungen können es Eltern erleichtern, nach der Diagnose einer Fehlbildung zur *eigenen* Entscheidung zu finden. Allerdings hat – wie beschrieben – in diesen existentiellen Situationen die persönliche Haltung des Arztes eine starke Wirkung, so dass eine rein formale Ergebnisoffenheit mit der Ableistung obligatorischer Hinweise auf Selbsthilfe und Beratung nicht ausreicht.

Zumal das Geschäft Pränataldiagnostik boomt. Neue, nicht-invasive Techniken werden zunehmend rasant auf den Markt gebracht und lassen die Suche nach immer geringfügigeren fetalen Anomalien selbstverständlicher werden. Seit Mitte 2012 wird in Deutschland ein Blutgentest angeboten, der durch die Filterung fetaler DNA aus dem Blut der schwangeren Mutter mittlerweile das Vorliegen der Trisomien 21, 18 und 13 entdeckt. Ralf Grötker zeigt in seinem *Faktencheck Praena-Test 2013*, dass die Ausweitung von Blutgentests auf den Nachweis von Abweichungen, die keine schweren Behinderungen darstellen, schon voll im Gange ist. Beunruhigend finde ich auch die Direktvermarktung von Gentests, die außerhalb von Arzt-Patienten-Verhältnissen übers

Internet zu beziehen sind, und auch Informationen über Krankheitsrisiken oder Anlageträgerschaften von Embryos liefern, die am geborenen Kind gar nicht auftreten müssen. Werdende Eltern müssen sich dazu verhalten, dass Informationen über die genetische Ausstattung des Embryos immer umfassender, früher, kostengünstiger und ohne Eingriff in den Mutterleib verfügbar sind. Aber lässt Zukunft sich aus Genomanalysen ablesen? Und was machen Schwangere mit der Information, ihr Ungeborenes habe ein um 8 Prozent erhöhtes Brustkrebsrisiko?

Mir macht diese Entwicklung Angst, denn ich habe am eigenen Leib erfahren, wie grundlegend Pränataldiagnostik die Beziehung zum Kind verändert. Der Arzt führt den Ultraschallkopf über meinen Bauch, zählt lateinische Begriffe auf, und mein Kind ist plötzlich eine Summe von Fehlbildungen und die Zukunft ein Loch. Die Suche nach »Defekten« führt zu einer Verdinglichung, das Kind wird vom geliebten unbekannten Wesen zum *Objekt mit Defekt*. Sofie war mir so entfremdet und erst bei der Geburt wieder einfach mein Kind. Hätte ich mich dieser Erfahrung in der Frühschwangerschaft stellen müssen, wäre das Band zu meinem Kind noch nicht so stark gewesen, und ich hätte die Schwangerschaft vielleicht abgebrochen. Deshalb bin ich froh, dass die schon in der Frühschwangerschaft möglichen pränatalen Blutgentests noch keine Kassenleistung sind. Denn wenn man mir sie damals angeboten hätte, hätte ich unser geliebtes Kind vielleicht nie kennengelernt. Und wie hätte ich gelebt mit dieser Entscheidung, die meiner Überzeugung, dass Menschen gleich sind, fundamental widerspricht?

Öffentliche Stellen, die die Entwicklung neuer Screeningprogramme fördern, und Ärzte, die sie anbieten, verweisen darauf, dass die Nutzung pränataler Testverfahren auf selbstbestimmten individuellen Entscheidungen beruhe. Doch PND ist ein Geschäft mit hocheffizienten Werbestrategien, die auf Verunsicherung und die Verheißung scheinbarer Sicherheit setzen, und individuelle Entscheidungen finden nicht im luftleeren Raum statt. Werdende Eltern haben längst mitbekommen und zum Teil auch verinnerlicht, dass es gesellschaftlich erwünscht ist, behinderte Embryos pränatal auszusortieren. Individuelle Entscheidungen, PND in Anspruch zu nehmen und eine Schwangerschaft nach der Diagnose einer Fehlbildung abzubrechen, müssen vor diesem Hintergrund gesehen werden. *Wir* haben die Erwartung, dass Kinder mit Behinderung nicht zur Welt gebracht werden sollen, jedenfalls als realen sozialen Druck erfahren.

In meinem Buch habe ich geschrieben, dass Pränataldiagnostik werdenden Eltern helfen kann. Dass sie uns auch Vorteile brachte. Wir konnten uns informieren und vorbereiten, wir konnten angemessene medizinische Rahmenbedingungen für die Geburt sicherstellen, und das Wichtigste: Weil wir vorher getrauert hatten, konnten wir Sofie bei der Geburt sofort annehmen. Obwohl mittlerweile nun ausgerechnet die Behinderung meiner Tochter zu den wenigen Fehlbildungen gehört, die in bestimmten Fällen pränatal teilweise behandelt werden können, fällt es mir heute schwerer, auf die Chancen der PND hinzuweisen. Vielleicht weil die große Mehrzahl der Ungeborenen mit Spina bifida weiterhin pränatal aussortiert wird. Vielleicht auch weil mir auf den Webseiten vieler Pränatalzentren immer noch zu einseitig davon gesprochen wird »Ängste zu nehmen«, während die existentiellen Entscheidungskonflikte, die PND schaffen kann, mir zu selten klar benannt werden. Ein verantwortungsbewusster Umgang mit Pränataldiagnostik ist aber doch nur möglich, wenn Transparenz herrscht. Denn die »selbstbestimmte Entscheidung« der Schwangeren, mit welcher Anbieter Pränataldiagnostik legitimieren, kann doch nur gefällt werden, wenn dieser von Anfang an klar ist, worauf sie sich einlässt.

Viele Menschen mit Behinderungen empfinden den selektiven Ansatz der PND als diskriminierend. Heutzutage wird ihnen oft entgegen gehalten, die Situation von Menschen mit Behinderung sei doch in Zeiten der Inklusion so gut wie noch nie. Doch in einer Gesellschaft können gleichzeitig gegenläufige Trends wirken, weshalb aus der zunehmenden Normalisierung und gesellschaftlichen Teilhabe von Menschen mit Behinderungen keineswegs rückgeschlossen werden kann, dass PND diese nicht langfristig diskriminiere. Gab es – wie im Buch beschrieben – in Frankreich doch schon Vorstöße eines Versicherungskonzerns, die Beiträge für Eltern behinderter Kinder zu erhöhen. Eben jener Satz »Hätte man *das* nicht verhindern können?« bringt doch auf den Punkt, was die Praxis der PND vielen Menschen in unserer Gesellschaft vermittelt hat. Ich habe diese Situationen, in der Menschen so an mich herantraten, immer als Dilemma empfunden. Auf der einen Seite will ich nicht über das Lebensrecht meines Kindes diskutieren, weil ich mich dann auf eine Ebene begebe, auf der dieses antastbar ist. Auf der anderen Seite habe ich das Gefühl, Sofie schützen zu müssen. Aber wie?

Auf der Webseite einer Praxis für Pränatalmedizin sind Teile der gesellschaftlichen Diskussion um die pränatalen Blutgentests abgebildet. Hierbei wird Sachlichkeit angemahnt und kritisch auf die »häufig anzutreffenden schrillen Beitöne« verwiesen. Über die Zuschreibung »schrill« bin ich gestolpert, denn ich glaube, dass nur Menschen mit Behinderungen und ihre Angehörigen die existenzielle Bedrohung, die durch selektive Pränataldiagnostik entsteht, wirklich empfinden können. Nur sie haben die direkte gedankliche Verbindung vom Embryo, dessen Austragung verhindert wird, zum eigenen Leben. Nur sie machen die Erfahrung, dass ihr Dasein bzw. das ihrer Kinder in Frage gestellt wird und spüren somit den selektiven Ansatz und die eugenische Wirkung der PND am stärksten. Deshalb halte ich es für angemessen, dass Betroffene und Selbsthilfegruppen sich zu Wort melden. Und ich bin der Meinung, dass vor allem Menschen, die die Ausweitung selektiver PND vorantreiben, die Gefühle der Betroffenen nicht abtun, sondern diese an sich heran lassen und sich ihnen stellen sollten. Ich fand Sachlichkeit überhaupt nicht angemessen, wenn ich gefragt wurde, warum es meine Tochter gibt.

Die Körner sind aufgepickt. Die Meisen verschwunden. Der Mann ohne Arme spricht über seine Jugend, und der Moderator fragt, ob es nicht »idealisiert sei«, was er erzähle. Ich öffne die Tür und gehe in den Garten. Zum Apfelbaum, wo ich die Stimmen nicht mehr höre. Denn der Mann kann glücklich oder unglücklich sein, ich muss es nicht wissen. Vor ein paar Wochen war ich mit unserem Pflegesohn im Aachener Tierpark. Es war der erste schöne Januartag, und wir beobachteten verblüfft, wie ein dreibeiniger Mara seinen Kopf auf dem Rücken eines anderen Mara abstützte und mit diesem langsam durchs Gehege hüpfte. Ich war gerührt und mir fiel die *Aktion Mensch*-Frage ein: »In welcher Gesellschaft wollen wir leben?«

Wollen wir wirklich in einer Gesellschaft leben, die Ungeborene mit Fehlbildungen vornehmlich als Kostenfaktor ansieht und pränatal aussortiert? In einer Gesellschaft, in der Eltern die Liebe zu ihren ungeborenen Kindern an immer mehr Bedingungen knüpfen? Ich nicht. Ich will in einer Gesellschaft leben, in der Pränataldiagnostik nicht auf Selektion ausgerichtet ist. Ich will in einer Gesellschaft leben, in der Menschen bedürftig und verschieden sein dürfen. Denn ich habe im Leben mit Sofie wichtige Dinge gelernt. Ich habe gelernt, dass ein Leben mit einem behinderten Kind kein schlechtes ist. Ich habe gelernt, dass Hoffnung sich verschiebt, und man neue Hoffnung findet. Ich habe gelernt, dass Medizin oft unbestimmt ist und Zukunft sich nicht aus Diagnosen ablesen lässt. Ich habe gelernt, dass Leben zerbrechlich und dieses Wissen um unsere Zerbrechlichkeit eine wichtige Basis für eine menschliche Gesellschaft ist. Und: Ich habe gelernt, wie einfach lieben sein kann.

Würselen, 31. Januar 2014

Brandes & Apsel

C. Carda-Döring / R. Manso Arias
T. Misof / M. Repp / U. Schießle
H. Schultz

berührt –
Alltagsgeschichten von Familien mit behinderten Kindern

4. Aufl., 200 S., Pb., € 15,90
ISBN 978-3-86099-829-8

»**Anschaulich erzählt**, und ohne jede Larmoyanz. Schlüsselszenen aus dem etwas anderen Familienleben. ... Erlebnisse, die sie wütend machen, schildern die Frauen genauso wie solche, die ihnen Kraft geben. Schnörkellos und ohne Schönfärberei. Das ist bewegend. Es berührt. Offen schreiben die Frauen über Grenzerfahrungen mit ihren ganz besonderen Kindern.«

(hr-fernsehen, Hauptsache Kultur)

D. N. Stern / N. Bruschweiler-Stern

Geburt einer Mutter

Die Erfahrung,
die das Leben einer Frau
für immer verändert

244 S., Pb. Großoktav, € 19,90
ISBN 978-3-95558-057-5

Stern erklärt zusammen mit seiner Frau, der Kinderärztin und Kinderpsychiaterin Nadia Bruschweiler-Stern, was mit einer Frau passiert, wenn sie erstmals Mutter wird. Entstanden ist eine sensible Psychologie des Mutterwerdens und des Mutterseins, so dass Müttern und Vätern geholfen wird, ihre neue Identität besser zu verstehen.

»Einfühlsam hat Stern all die psychischen Beben und Verwerfungen in Szene gesetzt, die eine Mutterschaft mit sich bringt.«

(Psychologie heute)

»A warm, insightful book about the steps which new mothers must encounter on their road to motherhood.«

(T. Berry Brazelton)

Unseren Psychoanalysekatalog erhalten Sie kostenlos:
Brandes & Apsel Verlag • Scheidswaldstr. 22 • 60385 Frankfurt am Main
info@brandes-apsel.de • www.brandes-apsel-verlag.de
Fordern Sie unseren Newsletter kostenlos an:
newsletter@brandes-apsel.de